EMMA – Mit einem Dackel nach Afrika

Rolf Stöver

D1917743

Rolf Stöver

EMMA

Mit einem Dackel nach Afrika

DeBehr

Copyright by: Rolf Stöver
Herausgeber: Verlag DeBehr, Radeberg
Erstauflage: 2012
ISBN: 9783944028156
Grafiken: Copyright by Fotolia by © Galyna Andrushko, © Nessi

Es war im September 1983, als ich nach Südafrika ausgewandert bin. Allerdings ohne meinen Rauhaardackel Emma, und genau dieser fehlte mir an meiner Seite. Ich hatte mich gerade einigermaßen eingelebt, alle Behördengänge waren erledigt und die Bescheinigungen des Tierarztes aus Deutschland lagen ebenfalls vor, als ich erfuhr, dass ich Emma am nächsten Tag am internationalen Airport in Johannesburg abholen konnte.

Das würde ein aufregender Tag für mich werden, und ganz sicher auch für Emma. Ich hatte nur die Befürchtung, dass Emma nun die nächsten drei Tage beleidigt sein würde, schließlich kannte ich meinen Dackel.

Am nächsten Tag fuhr ich schon früh zum Flughafen, denn die Maschine der Lufthansa landete bereits um sechs Uhr. Nachdem ich mich zu den Frachtterminals der Lufthansa durchgefragt hatte, betrat ich eine große Halle, die vollgepackt mit Containern, Kisten und Kartons war.

Der Flughafenmitarbeiter, der mich durch die Halle führte, wusste natürlich nicht, wo der Frachtkäfig mit Emma stand, weshalb ich so laut ich konnte: „EMMA !!“ rief.

Sofort ertönte ein Bellen und zugleich ein undefinierbares Geheule durch die riesige Halle.

Nun war es einfach, den Käfig zu finden, denn wir mussten nur noch dem Geheule folgen.

Ich sah den Käfig sofort und befreite meine Emma. Nun wusste ich, wie hoch mein Dackel springen konnte. Es folgte eine endlose Schmuse-, Leck- und Riechprozedur, bevor ich Emma auf afrikanischen Boden setzte. Nun war also auch Emma ausgewandert.

Vor Freude hatte Emma vergessen, die Beleidigte zu spielen, und das, obwohl ich sie für eine ganze Weile im Stich gelassen hatte.

Da ich die Hundeleine vergessen hatte, trug ich Emma den langen Weg bis zu meinem VW-Käfer. Kaum saßen wir im Auto, sprang sie sofort auf meinen Schoß – das hatte sie noch nie getan. Nur widerwillig ließ sie sich auf den Beifahrersitz setzen, schlechte Angewohnheiten sollte es auch in Afrika nicht geben.

Emma war hundemüde, verständlicherweise. Sie legte sich aber so auf den Sitz, dass sie mich im Auge behalten konnte, und warf immer mal wieder einen Blick zu mir herüber. Offensichtlich traute sie dem Braten nicht – schließlich hatte ich sie vor einigen Wochen allein gelassen – ich hatte allerdings gewusst, dass sie in guten Händen war. Doch irgendwann war die Müdigkeit stärker, und Emma schlief ein.

Nach einstündiger Fahrt kamen wir zu Hause an. Nachdem Emma kurz ihr neues Körbchen begutachtet hatte, inspizierte sie das ganze Haus und schließlich den Garten mit dem kleinen Swimmingpool.

In der Zwischenzeit hatte ich in der Küche den Fressnapf mit Emmas Lieblingsessen gefüllt – Gehacktes mit Ei. Über all den neuen Eindrücken hatte Emma wohl vergessen, wie hungrig sie war, denn innerhalb von Sekunden war der Napf leer.

Es war Freitagnachmittag und ich beschloss, mit Emma einen ausgedehnten Spaziergang in die nähere Umgebung zu machen. Da ich außerhalb der Großstadt Johannesburg wohnte, gab es hier schon fast einen kleinen Vorgeschmack auf den afrikanischen Busch. Deshalb führte ich Emma an der Leine. Sie wich zwar sonst nicht von meiner Seite, von kurzen Abstechern einmal abgesehen, aber hier waren wir in Afrika, auf unbekanntem Terrain. Ein Risiko wollte ich nicht eingehen, denn Dackel sind Jagdhunde mit einem ausgeprägten Jagdinstinkt – was ich später noch erleben konnte.

Die Leine bewährte sich, denn Emma war unruhig und aufgeregt, wollte immer wieder ausbrechen. Die Geruchswelt hier in Afrika war Neuland für sie.

Wieder zu Hause nahm Emma endgültig Besitz von ihrem neuen Körbchen, schlief sofort ein, und wurde erst am nächsten Morgen wieder wach.

Den Samstag verbrachten wir mit Einkaufen, Putzen und Kochen. Ich hatte wieder Gehacktes für Emma gekauft, da ich mich ihr gegenüber schuldig fühlte – ich wollte etwas wiedergutmachen. Als ich das Gehackte im Kühlschrank verschwinden ließ, hatte Emma dies genau bemerkt.

Ich beachtete sie jedoch nicht weiter, sollte sie doch den Kühlschrank bewachen.

Als ich mir am Abend ein Bier holen wollte, hatte ich die Rechnung ohne den Wirt gemacht, denn Emma ließ mich nicht einmal in die Nähe des Kühlschranks. Sie knurrte bedrohlich und alle guten Worte halfen nichts, Emma bewachte ´ihren` Kühlschrank. Als ich mich nach einer Stunde wieder in Emmas Nähe wagte, ging sie auf mich los. Auch wenn es nur eine Scheinattacke war, verlor ich jetzt die Geduld und gab ihr einen ´Tritt in den Hintern`, so dass sie ein Stück durch die Küche rutschte. Als ich mein Bier aus dem Kühlschrank geholt hatte und an Emma vorbei ging, lag sie bereits tief beleidigt in ihrem Körbchen, drehte den Kopf zur Seite und strafte mich mit totaler Ignoranz.

Mal sehen, dachte ich, wie lange das nun gehen würde, oder besser gesagt, wie lange ich das aushalten würde.

Am nächsten Morgen saß Emma schmollend vor der Terrassentür. Ich ließ sie hinaus, doch auch nachdem sie ihr Geschäft erledigt hatte, würdigte sie mich noch immer keines Blickes. Inzwischen füllte ich ihren Napf mit ihrem Lieblingsessen und legte die Hundeleine daneben.

Emma lief an mir vorbei, fraß dann aber nach einigem Zögern doch ihren Napf mit den Leckerchen leer. Nach einer Weile kam sie mit der Leine in der Schnauze zu mir, das Eis war gebrochen. Das war mal wieder typisch Emma, Dackel eben.

Wir fuhren mit meinem Käfer etwas weiter in die afrikanische Natur. Im ´Busch` angekommen ließ ich Emma ohne Leine laufen. Dieses Risiko musste ich eingehen, denn ich wollte Emma nicht immer an der Leine führen, das hatte ich zu Hause ja auch nicht getan.

Wir wurschtelten uns durch den Busch, mal auf sandigen Pfaden, mal durch hohes Gras. Emma blieb brav an meiner Seite, als wollte sie etwas wiedergutmachen.

Doch plötzlich war sie verschwunden, einfach so.

Ich rief ihren Namen, aber es kam keine Reaktion. Da ich wusste, dass Emma auf ihrer eigenen Fährte zurückkommen würde, um dann meine aufzunehmen, setzte ich mich auf einen Baumstamm und wartete.

Nach etwa einer Stunde, während der ich die unglaubliche Ruhe in dieser wunderschönen unberührten afrikanischen Natur genoss, hörte ich Geräusche, konnte jedoch nichts erkennen. Dann endlich erblickte ich Emma, die auf meiner Fährte zurück kam. Verblüfft sah ich, dass sie eine gut einen Meter lange Schlange hinter sich her schleppte, die sie mir letztendlich vor die Füße legte. Die Schlange war noch warm, Emma hatte die Schlange nicht gefunden, sie hatte sie getötet.

Ich war unentschlossen, ob ich Emma nun loben sollte, tat es dann aber doch, denn es wäre unfair, einen Jagdhund nach erfolgreicher Jagd nicht zu loben. Trotzdem fühlte ich mich nicht wohl.

Wir machten uns auf den Heimweg, die Schlange nahm ich mit. Ich wusste in der Nähe von meinem Haus ein Tierasyl mit einem Veterinär. Dort lieferte ich die Schlange ab. Der Veterinär schlug die Hände zusammen: „Du lieber Himmel, wo haben Sie denn die Schlange her? Die ist hochgiftig und äußerst gefährlich!“

Ich zeigte auf meinen Rauhaardackel. Emma saß derweil angeleint neben mir, als wenn sie kein Wässerchen trüben könnte, richtig brav.

„Dieser Hund soll die Schlange getötet haben?", fragte der Tierarzt, und zeigte auf Emma. „Das ist nicht nur ungewöhnlich, sondern eigentlich unmöglich", erklärte er mir stirnrunzelnd. Die Schlange behielt er für medizinische Zwecke.

„Passen Sie gut auf ihren Dackel auf", meinte er beim Abschied und schaute nachdenklich hinter Emma her.

In Gedanken vertieft fuhr ich mit Emma nach Hause.

Dass Dackel schauspielerisches Talent haben, ist nicht neu, aber wie Emma sich jetzt verhielt, war mehr als mustergültig. Sie saß brav neben meinem Fernsehsessel und machte nicht einmal den Versuch, das Sofa zu erobern. Als sie mir dann auch noch meine Pantoffeln brachte, musste ich lauthals lachen.

Ich hatte meinen ersten Job in Südafrika längst begonnen. Ein altes stillgelegtes Goldminengelände sollte zu einem Museum ausgebaut werden. Nach alten Plänen von 1880 entstand hier eine kleine Stadt mit Bank, Hotel, Gefängnis, kleiner Kirche – eben allem, was damals zu einer kleinen Stadt gehört hatte.

Attraktion war allerdings eine historische Dampflok mit sechs Waggons, die restauriert und wieder fahrbereit gemacht werden sollte. Das war mein Job für mindestens ein Jahr.

Da ich Emma nicht den ganzen Tag allein zu Hause lassen wollte, nahm ich sie am Montag einfach mit zur Arbeit.

Sie saß sichtlich ungeduldig in meinem Käfer neben mir, offensichtlich spürte sie, dass etwas Neues auf sie zukommen würde. Auf dem Minengelände angekommen parkte ich mein Auto auf einem reservierten Stellplatz. Nun hatte ich etwa zehn Minuten zu laufen, um zu meiner ´Baustelle`, dem Lokschuppen, zu kommen. Umgeben von bewachsenen Abraumhalden der alten Goldmine war es hier richtig ruhig, ja beinahe idyllisch. Emma war brav hinter mir hergedackelt.

Mein Arbeitgeber hatte eine Handvoll afrikanischer Mitarbeiter für mich abgestellt. Emma schnüffelte, ließ sich aber nicht anfassen und knurrte bedrohlich. Die Hautfarbe der Menschen war ja auch neu für sie. Es ist allgemein bekannt, dass Hunde von weißen Haltern auf schwarze Menschen losgehen, umgekehrt aber ist es ebenso.

Aus den Augenwinkeln beobachtete ich meine Emma, die häufig Ausflüge unternahm, aber nach zehn Minuten wieder zurück war.

Am nächsten Tag wurden die Ausflüge schon länger, aber Emma kam stets zurück, um sich zu überzeugen, dass ich noch da war. Wenn alles o.k. war, verschwand sie wieder. Es war ja auch ein recht abenteuerliches Umfeld hier auf dem Minengelände.

So ging das nun die ganze Woche, wobei die Abstände, in denen Emma bei mir vorbeischaute, immer größer wurden.

Nach zwei Wochen geschah es zum ersten Mal, dass sie den ganzen Tag verschwunden blieb.

Gegen Mittag machte ich mir Sorgen, aber Emma zu suchen wäre völlig sinnlos gewesen. Eine Stecknadel im Heuhaufen hätte ich auch nicht gefunden. Abends nach Feierabend machte ich mich bedrückt auf den Weg zu meinem Käfer, doch siehe da – Emma saß neben meinem Auto, und zwar auf der Beifahrerseite. Sie begrüßte mich freudig, sprang auf den Sitz und wir fuhren nach Hause. Wenn Hunde sprechen könnten, hätte mir Emma sicher erzählt, was sie den ganzen Tag so getrieben hatte.

Diese Situation wurde nun zur Gepflogenheit, Emma saß pünktlich um 17.00 Uhr neben meinem Auto. Jeden Tag. Zu Hause stapelte sich derweil das Hundefutter, denn Emma fraß kaum noch etwas.

Langsam kam mir ein Verdacht, und ich beschloss, dieses merkwürdige Verhalten aufzuklären.

Am nächsten Tag nahm ich Emma an die Leine, und wir begaben uns auf einen ausgedehnten Spaziergang kreuz und quer über das riesige Gelände. Schon bald fiel mir auf, dass Emma keine Unbekannte war, von überall her wurde sie mit verschiedenen Namen gerufen, denn den Namen ´Emma` kannte ja keiner. Emma tat unbeteiligt, nur ihr Schwanz wedelte ziemlich oft und heftig, den hatte sie wohl nicht im Griff.
Als wir uns der Kantine, welche provisorisch in Baracken untergebracht war, näherten, wurde Emma merklich unruhig, spielte aber ihre Rolle tapfer weiter. Plötzlich wurde ich von einer resoluten Stimme angesprochen:
„Ist das etwa ihr Dackel?“, fragte die Stimme, die der schwarzen Köchin gehörte. Sie trug ein weißes Häubchen und begrüßte Emma freundlich. Diese gab nun ihre Schauspielerrolle auf und begrüßte die dicke Köchin ebenfalls. Ich erfuhr nun, dass Emma jeden Tag pünktlich in der Küche auftauchte, wo die Köchin sie liebevoll mit Leckereien versorgte.

Jetzt wusste ich, warum Emma zu Hause keinen Appetit mehr hatte. Überhaupt war Emma auf der gesamten Baustelle bestens bekannt.

Der folgende Tag verlief anders. Emma blieb in der Nähe, von kurzen Ausflügen in die Sandberge der alten Mine einmal abgesehen. Nur gegen Mittag ging sie in Richtung dicke Köchin, um dort ihre ´Mittagspause` zu verbringen. Sollte sie doch, ich wusste ja nun, wo sie war. Sie kam auch prompt nach einer Stunde zurück und blieb den Rest des Tages in meiner Nähe. So hatte jetzt alles seinen geregelten Ablauf.

Wochen später wurde ich nachts um 3.00 Uhr von Emma aus dem Bett geholt, indem sie an meiner Bettdecke zerrte. Sehr ungewöhnlich war das schon deshalb, weil Emma niemals in mein Schlafzimmer kam. Sie blieb stets an der Türschwelle stehen, ich hatte sie von Anfang an so erzogen. Schlaftrunken wie ich war begriff ich aber, das Emma einen guten Grund haben musste, mich um diese Zeit aus dem Bett zu holen. Missmutig folgte ich ihr, konnte aber nichts Ungewöhnliches feststellen. Emma ließ aber nicht locker und zog mich an meinem Schlafanzug zur Haustür. Ich öffnete, konnte jedoch auch draußen nichts feststellen.

Ungehalten ging ich wieder ins Bett, und Emma huschte in ihr Körbchen.

Als ich am nächsten Morgen gerade beim Frühstück saß, klopfte es an meiner Haustür. Draußen standen die Polizei und mein Nachbar. Ich erfuhr, dass meine Nachbarn in der vergangenen Nacht ausgeraubt worden waren. Das Ehepaar hatte nichts bemerkt und ihr Schoßhündchen war mit im Bett gelegen.

Das Nachbarhaus hatte, wie alle anderen Häuser hier auch, den gleichen Grundriss wie meines. Der Schlaftrakt befand sich im hinteren Teil des Hauses. Die Täter hatten also in aller Ruhe das Haus ausräumen können. Blitzartig dachte ich an Emma – sie hatte den Einbruch beim Nachbarn bemerkt und mich deshalb aus dem Bett geholt. Emma war nicht nur ein Jagdhund, sondern auch ein aufmerksamer Wachhund. Nun war ich richtig stolz auf meinen Hund. In Zukunft konnte ich beruhigt schlafen gehen, Emma würde schon aufpassen.

Es kam bisweilen vor, dass ich mit einer Bekanntschaft nach Hause kam. Die Damen waren in der Regel schwarz. Das war zwar wegen der Rassentrennung verboten, aber ich wollte mir von der Rassistischen Regierung nicht vorschreiben lassen, wen ich mit nach Hause nehmen durfte und wen nicht.

Emma war meinen Besucherinnen gegenüber sehr misstrauisch – oder vielleicht eifersüchtig? Jedenfalls ließ sie sich nicht anfassen.

An einem Wochenende kam ich mit Elizabeth nach Hause, einer sehr schönen und klugen jungen Frau. Ich war dabei, mich unsterblich in sie zu verlieben. Jahre später habe ich Elizabeth in Deutschland geheiratet, in Südafrika wurde uns dies wegen der Apartheid untersagt.
Als Elizabeth zum ersten Mal Bekanntschaft mit Emma machte, geschah etwas Ungewöhnliches. Sie kniete nieder, sozusagen auf Augenhöhe mit Emma, und sprach liebevoll auf sie ein. Als sie die Hand ausstreckte, um Emma anzufassen, leckte diese ihr die Hand ab. Das Eis war gebrochen. Emma und Elizabeth wurden ausgesprochen gute Freunde.
Diese Freundschaft nutzte Emma allerdings auch aus. Eines Abends saßen wir auf dem Sofa und schauten einen Film im Fernsehen an, als Emma um das Sofa schlich. Sie blieb vor mir sitzen und schaute mich an. Als ich jedoch keine Reaktion zeigte, wechselte sie die Stellung und setzte sich direkt vor Elizabeth hin. Emma wusste genau, dass sie nicht auf das Sofa durfte, aber sie trickste jetzt, das sah ich ihr an. Sie starrte meine Freundin unverwandt an, legte ab und zu den Kopf schief und

stupste mit ihrer kalten Schnauze an Elizabeths nackte Beine. Als diese dann nur einmal mit den Fingern schnipste, sprang Emma neben Elizabeth auf die Couch, legte ihren Kopf auf ihre Oberschenkel und schaute mich triumphierend an.
Können Hunde grinsen? Emma konnte es, zumindest mit den Augen. „Ätsch, es geht doch!“, las ich in ihren Augen.

Sonntagmorgen bekamen wir Besuch, von einem befreundeten Ehepaar mit seinem Terrierrüden.
Sofort begann eine wilde Jagd, erst im Haus, dann im Garten. Als es nach einer Weile ruhig wurde, ahnte ich nichts Gutes. Schon in der Frühe hatte ich bemerkt, dass Emma heiß war. Sie war empfängnisbereit. Als ich nachschaute, warum es plötzlich so ruhig war, war es schon zu spät. Der Terrier saß neben dem Swimmingpool auf Emma und freute sich über das unerwartete Vergnügen.
Emma war tragend, ich wusste es sofort, und so nahm ich mir vor, ein Buch über Dackel zu kaufen. Das, was jetzt kommen sollte, wollte ich bewusst erleben und alles richtig machen. Das entsprechende Buch fand ich in einer deutschen Buchhandlung.

Schon vorher hatte ich mir das Datum unseres Terrierbesuches dick im Kalender notiert.

In dem kleinen Buch fand ich Zeichnungen und eine Anleitung zum Bau einer ´Wurfkiste`.

Als Kiste würde ich das aber nicht bezeichnen, es war ein Haus mit geschlossenem ´Vorgarten`. Dort sollten die Welpen heranwachsen, während Emma im Haus schlafen durfte. Auf diese Weise bestand nicht die Gefahr, dass die Welpen im Schlaf erdrückt wurden.

Im Baumarkt besorgte ich mir extra starken Karton, Leim und Farbe. Gemäß den Zeichnungen entstand nun ein dackelgerechtes Eigenheim. Dann kam der Ausbau. Die Welpenstube bekam einen wischfesten Boden, und Emmas gute Stube eine weiche Unterlage. Als Nächstes kam das Dach, auf welches ich rote Dachziegel malte, auf das Haupthaus. Das ganze ´Gebäude` strich ich weiß an mit traditionellen afrikanischen Ndebele Malereien. Total schön und einladend sah das aus.

Emma hatte meine baulichen Tätigkeiten mit großem Interesse verfolgt, aber einziehen wollte sie dort nicht, sie schlief weiterhin in ihrem vertrauten Körbchen, trotz Dackeleigenheim.

In den folgenden Wochen bemerkte ich einige Veränderungen in Emmas Verhalten, sie wurde richtig schmusebedürftig und entwickelte einen enormen Appetit. Sie wurde dicker und dicker, genau wie ihre Zitzen auch. In ca. 62 Tagen sollte es so weit sein.

Die Tür zu dem kleinen Schlafzimmer, in dem Emmas ´Villa` stand, blieb nun stets geöffnet.

Nach 60 Tagen überraschte mich Emma: Keine morgendliche Begrüßung, ihr Körbchen war leer!

Ich ging zurück in den Schlaftrakt und fand Emma in ihrem Neubau. Es gab tatsächlich keine Begrüßung, sondern nur ein bedrohliches Knurren.

Vom Wohnzimmer aus rief ich dann meine Firma an, um Urlaub zu nehmen, da ich Nachwuchs bekäme. Später hörte ich, dass ich mit dieser Formulierung heftige Diskussionen ausgelöst hatte.

Futternapf und Wasserschüssel zogen nun auch um, direkt vor Emmas Neubau. Emma knurrte immer noch, als sie mich bemerkte.

Ich war nun ratlos, um nicht zu sagen in Panik. Alte Tücher und einen Eimer mit Wasser hatte ich schon besorgt. Kenner mögen jetzt lachen über den Unsinn, den ich da trieb. Ein paar Stunden später wusste ich es auch besser.

Derjenige, der die Zeichnung für die Wurfkiste angefertigt hatte, wusste, was er tat. Am späten Nachmittag war es soweit, Emma hatte ihre Mutterstube verlassen und lag nun auf dem Vorplatz.

Sie knurrte jetzt nicht mehr, sondern leckte mir die Hand. Irgendwie hatte ich den Eindruck, dass sie jetzt froh war über meine Gegenwart. Sie atmete schwer, es war soweit. Ich legte mich lang auf den Bauch, um dieses einmalige Erlebnis zu beobachten. Der erste Welpe kam heraus und wurde sofort von Emma vollständig gereinigt. Ich konnte und wollte nicht helfen, niemand kann das besser als die Natur selbst.

Insgesamt fünf Welpen erblickten so das Licht der afrikanischen Welt. Als die Nachgeburt kam, wurde diese vollständig von Emma aufgefressen. Am Ende war die Kinderstube blitzsauber. Ich brachte Tücher und Eimer zurück, die hatte ich nicht gebraucht. Dafür aber hatte ich ein einmaliges und nachhaltiges Erlebnis hinter mir. Die Entstehung neuen Lebens so hautnah beobachten zu können, war ein Geschenk Gottes, ein Geschenk der Natur.

Die Welpen säugten nun mit noch geschlossenen Augen, danach wurde es ruhig.

Bevor ich später selbst schlafen ging, schaute ich noch einmal nach Emma. Sie lag tatsächlich allein in ihrer guten Stube, allerdings hellwach. Auf dem Vorplatz dagegen lagen alle fünf Welpen aneinander gekuschelt und schliefen.
Die Wurfkiste hatte sich in jeder Hinsicht bewährt. „Was für ein Erlebnis!“, dachte ich, bevor ich einschlief. Ich war gespannt, was nun auf mich zukommen würde. Und in der Tat, es wurde eine turbulente Zeit!

In den nächsten zwei Wochen ließ ich Emma mit ihren Welpen tagsüber allein. Die Schiebetür zur Terrasse war stets so weit geöffnet, dass die ganze Bande raus und rein konnte, denn die Welpen liefen bereits und waren recht unternehmungslustig. Staunend stellte ich später fest, dass die Welpen wie Dackel aussahen, keinerlei Hinweise auf den artfremden Rüden, der Emma geschwängert hatte. Offenbar hatten Emmas Gene sich durchgesetzt. Ein Fachmann allerdings hätte mit Sicherheit feststellen können, dass es sich hier um Mischlinge handelt. Für mich waren es aber richtige Rauhaardackel, die auch die Eigenschaften eines Dackels besaßen.

Als ich eines Abends nach Hause kam, wurde ich von Emma, gefolgt von ihren Kindern, begrüßt. Die Kleinen hatten je einen Socken von mir in der Schnauze! Die ganze Bande hielt nun nicht nur Emma auf Trab, sondern auch mich, und zwar mit Futter für Groß und Klein besorgen, Haus aufräumen usw., und das jeden Tag.

An einem der folgenden Samstage fuhr ich mit der ganzen 'Familie` zum Veterinär. Der kannte Emma ja schon, und nun staunte er nicht schlecht, dass bei den Welpen kein Dackelrüde beteiligt gewesen sein sollte. Dann wurden die kleinen 'Dackel` untersucht, geimpft, entwurmt und für gesund befunden. „Sie können die Kleinen jetzt verkaufen oder weggeben“, meinte der Veterinär, „das ist in der Natur normal, und Emma wird deshalb nicht traurig sein – im Gegenteil.“

Als ich ihn bezahlen wollte, lehnte er ab mit dem Wunsch, einen der Kleinen behalten zu dürfen. Ich sagte zufrieden zu. Er suchte sich eine Hündin aus, ausgerechnet die, die am meisten Unordnung in meinem Haus veranstaltet hatte. Ich wünschte ihm alles Gute mit einem Teil von Emmas Nachkommenschaft.

Auf dem Weg nach Hause zeigte Emma keinerlei Reaktion über die Verkleinerung ihrer ´Familie`.

Nachdem ich die Rasselbande zu Hause abgesetzt hatte, holte ich Elizabeth von ihrer Arbeitsstelle ab, um mit ihr zu mir nach Hause zu fahren.

Inzwischen hatte ich mich unsterblich in sie verliebt. Sie war nicht nur wunderschön, sondern auch sehr klug. Wir hatten längst beschlossen, dem unmenschlichen Apartheid-Regime die Stirn zu bieten. Ich hatte in ihr die Liebe meines Lebens und meine zukünftige Frau gefunden.

Eine Menge schöne und unschöne Abenteuer und Episoden warteten auf uns.

Am Abend hatte ich eine Idee: Ich schlug Elizabeth vor, mit ihr zu ihrer Familie im 200 km entfernten ´Homeland` zu fahren, denn ich wollte ihr Heimatdorf und ihre Familie kennenlernen.

Ein aufregender Sonntag stand uns bevor, denn wir wollten Emma mit Anhang mitnehmen.

Am Sonntagmorgen verstauten wir Emmas Nachkommen in einem großen offenen Karton auf dem Rücksitz in meinem Auto, Emma saß zu Elizabeths Füßen, später auf ihrem Schoß.

Sie genoss eine Art Narrenfreiheit, wenn Elizabeth bei uns war.

Wir kamen auf gut ausgebauten Straßen an Pretoria, Hammanskral und Rust de Winter vorbei, später fuhren wir dann nur noch auf Sandstraßen durch kleine Dörfer mit Eseln und Rindern am Straßenrand.

Fröhliche Menschen winkten uns zu, von Apartheid keine Spur.

Es ging nur langsam voran, und laut Elizabeth würde es noch zwei Stunden dauern, bis wir ihr Dorf erreichten. Aus diesem Grund hielt ich mitten im afrikanischen Bush an, um Emma und Anhang mal rauszulassen. Wie unvorsichtig von mir, denn die ganze Bande war im Nu verschwunden.

Elizabeth und ich waren ratlos. Schließlich setzten wir uns ins Gras und warteten. Zwischendurch rief ich Emma – es klang sehr laut in dieser absoluten Stille – aber es kam keine Reaktion! Ich ärgerte mich über meine Unvorsichtigkeit.

Elizabeth versuchte mich zu beruhigen. „Emma wird wiederkommen, ich weiß es!“, sagte sie.

Nach einer Weile stand sie plötzlich auf, blieb regungslos stehen und horchte in die Stille. Ich wusste, sie war in dieser Natur aufgewachsen und vermochte sicherlich Dinge zu hören, die ich nicht wahrnehmen konnte.

Plötzlich sagte sie: „Emma ist nicht weit, ich habe etwas gehört."

„Was hast du gehört?", wollte ich wissen.

„Ein Tier auf der Flucht – Emma ist hier!", antwortete sie.

Als sie laut etwas in ihrer Muttersprache in den Bush rief, verstand ich nur Emmas Namen. Nach zwei bis drei Minuten konnte auch ich Emma hören, aber nicht sehen, dazu war das Gras zu hoch. Doch dann sah ich sie im Eiltempo mit heraushängender Zunge und völlig außer Atem angerannt kommen. Sie legte sich flach vor mir auf den Bauch, als wollte sie sagen: „Entschuldigung!"

Kurz danach tauchten auch die verbliebenen vier ´Kleinen` wieder auf und sprangen freiwillig in ihre Box.

Wir waren wieder komplett und setzten unsere Reise fort. Ich fragte Elizabeth, was sie denn in den Busch gerufen hätte.

„Das verstehst du nicht", sagte sie nur lakonisch, und damit war das Thema beendet. Was Emma allerdings im Busch angestellt hatte, würde ich wohl nie erfahren. Ich dachte an den Veterinär, und was er mir gesagt hatte, als Emma die giftige Schlange getötet hatte: „Ihr Hund ist ein Jagdhund und ist plötzlich in

Afrika, für seine Instinkte kann er nichts, Natur eben.“
Endlich erreichten wir Elizabeths kleines Dorf. Dort standen etliche Menschen am Straßenrand und winkten – ich wurde den Eindruck nicht los, dass man uns begrüßte. Als ich Elizabeth danach fragte, meinte sie nur glücklich: „Ja, wir werden erwartet, man hat uns schon lange vorher gesehen und diese Nachricht von Mund zu Mund weitergetragen.“ Jetzt wusste ich, die Buschtrommel ist keine Legende, sie gibt es wirklich, und sie funktioniert.
Elizabeth dirigierte mich zu einem kleinen einfachen Backsteinhaus, lustig bemalt in den Ndebele Farben. Alles machte einen sauberen Eindruck. Am Eingang stand eine ältere Frau, die unzweifelhaft Elizabeths Mutter war. Ebenso konnten die anderen Frauen ihre Herkunft nicht verleugnen, es waren vier von Elizabeths sieben Schwestern. Die Mutter hielt einen Reisigzweig in der Hand und fegte den kurzen Weg zur Haustür vor unseren Füßen, wir mussten ihr Schritt für Schritt folgen. Elizabeth flüsterte mir zu, dies sei nach alter Tradition die Begrüßung für mich. Dann folgte die allgemeine Begrüßung, wobei ich nicht ein einziges Mal den Namen ´Elizabeth´ hörte, sonder nur ´Naniki´.

Elisabeth erklärte mir alles, auch das Naniki ihr Kosename sei. Fortan nannte ich sie Naniki – für immer!

Plötzlich fiel mir meine Dackelfamilie ein. Ich lief zurück zu meinem Auto, das inzwischen von Menschen umringt war. Sie hatten die Box mit Emmas Nachwuchs entdeckt. Ich befreite die ganze Bande aus dem Auto. Emma verhielt sich sehr distanziert und wich mir keinen Zentimeter von den Füßen – sie traute den Schwarzen immer noch nicht – während die Kleinen sich auf den Arm nehmen ließen und sich über die unverhoffte Aufmerksamkeit freuten. Sie hatten kein Problem mit der Hautfarbe, schließlich waren sie ja auch in Afrika geboren.

Emma legte sich im Haus zwischen Naniki und mich mit dem Kopf auf meinen Füßen. Das sah aus, als wolle sie Besitzansprüche demonstrieren.

Sie musste inzwischen bemerkt haben, dass diese Menschen zu Naniki gehörten, denn sie taute langsam auf und ließ sich sogar ohne Knurren anfassen.

Draußen spielten Kinder mit Emmas Nachwuchs. Vorsichtshalber zählte ich die Tiere nach, aber es waren immer noch vier.

Inzwischen gab es traditionelles Essen: Huhn, Milliepap und Chakalaka.

Es schmeckte vorzüglich, die afrikanische Küche kannte ich ja schon von Naniki. Die Hunde bekamen auch ihren Teil. Während die Kleinen förmlich darüber herfielen, schnupperte Emma misstrauisch daran herum, fraß dann aber doch.

Mein Problem an diesem Tag war, dass ich nichts verstand, alle sprachen Tswana.

Naniki versuchte, für mich zu übersetzen.

Ich hatte schon viel gelesen und gehört über die Kultur der südafrikanischen einheimischen Menschen, nun erlebte ich die Realität und war zutiefst beeindruckt, vor allem über den Zusammenhalt dieser Dorfgemeinschaft. Mit keinem Wort wurde erwähnt, dass ich weit und breit der einzige Weiße war, für diese Menschen hier war ich einfach ein Mensch. Von gesetzlich verordneter Rassentrennung keine Spur.

Nach dem Essen rief Nanikis Mutter Emma zu sich. Diese schaute mich kurz fragend an, bis ich mit der Hand auf Mama Wilhelmina (so hieß meine zukünftige Schwiegermutter !!??) zeigte. Sofort lief Emma los und landete auf Mamas Schoss. Dort lag sie nun und machte einen zufriedenen Eindruck. Emma und ich hatten nun ´Familienanschluss` in Afrika.

Kurz vor unserer Abreise bemerkte ich, dass Mama mit einem der kleinen Dackel liebäugelte. Ich schaute Naniki an – auch sie hatte es bemerkt und nickte mir zu.

Wir wollten Mama den Hund schenken.

Ich ging zu ihr, um es ihr zu sagen, aber Mama verstand kein Wort Englisch. Naniki übersetzte nun meinen gesamten Vortrag. Ich sprach von den recht eigenwilligen Charaktereigenschaften eines Dackels, dass er aber ein treuer Gefährte sein wird, über die Fütterung, und dass jeder Hund eine Erziehung braucht. Sie lachte und meinte, die Erziehung ihrer acht Töchter sei ihr doch gut gelungen, genauso würde sie auch den Hund erziehen. Als ich dann noch hinzufügte, dass Dackel gerne die beleidigte Leberwurst spielen und man sie dann am besten einfach ignoriert, mussten wir alle herzhaft lachen. Zum Schluss fügte ich noch hinzu, dass ihr Dackel einen ausgeprägten Jagdinstinkt hatte und sie dem Rechnung tragen müsse.

Mama war überglücklich und bedankte sich wortreich, und Naniki übersetzte. Dann nahm Mama mich in den Arm und drückte mich herzlich. Naniki sagte mir später, dass diese Geste der Zuneigung ungewöhnlich sei und sie sehr glücklich gemacht habe.

So fuhren wir mit Emma und nur noch drei Jungen den ganzen Weg wieder nach Hause.

Diesmal ließ ich Emma nicht aus dem Auto.

Wir hatten einen schönen und denkwürdigen Tag erlebt – mit Emma.

Zu Hause weigerte sich Emma, in ihrem ´Eigenheim` zu schlafen. Sie schickte ihre Drei in die Wurfkiste und legte sich dann demonstrativ in ihr eigenes Körbchen. Ihre Körperhaltung sprach Bände, sie wollte ihre Ruhe haben. Die Jungen wurden ja auch schon lange nicht mehr gesäugt.

Am Montag nahm ich Emma und ihren Nachwuchs mit zur Baustelle, denn ich hatte mir eine freundliche Beschwerde meiner Nachbarn eingehandelt. Der Lärm, den die Hunde tagsüber veranstalteten, sei nicht mehr zu tolerieren. Mein Verhältnis zu meinen Nachbarn war dadurch keineswegs getrübt, denn ich hätte genauso gehandelt.

Auf der Baustelle freute man sich, dass Emma wieder da war, aber auch über die drei Kleinen, die hinter ihr herliefen.

Die Jungen ließen sich von den schwarzen Arbeitern anfassen, Emma nicht.

Sie ließ sich nur von mir und Naniki anfassen, anscheinend aber auch von der dicken schwarzen Köchin in der Kantine. Emma war eben wählerisch.

Sie unternahm ihre obligatorischen Ausflüge in die nähere Umgebung, es gab wohl immer noch viel zu entdecken. Auch nahm ich an, dass ihre Jungen die letzten Unterrichtstunden von 'Mama Emma` erhielten.

Gegen Mittag verschwand Emma mit dem mir bekannten Ziel – die dicke Köchin. Es war tatsächlich Mittagspause. Emma schien ein ausgeprägtes Zeitgefühl zu haben. Minuten später verschwanden auch die Jungen, vermutlich folgten sie Emmas Fährte, und so würden auch sie automatisch in der Küche landen.

Nach Feierabend machte ich einen Umweg über die Kantine. Die Köchin war entzückt über den Besuch von Emmas Nachwuchs. Sie druckste eine Weile herum, bis sie endlich schüchtern fragte, ob sie einen der Kleinen kaufen könnte, sie hätte zwanzig Rand (zwei Euro) gespart. Ich war gerührt und sagte, sie solle mir doch bitte folgen. Wir gingen zum Parkplatz, und dort saß die ganze Bande bereits neben meinem Auto. Die Köchin schaute mich ungläubig an, als ich ihr sagte, sie möge sich einen aussuchen. Immer noch ungläubig meinte sie, sie hätte doch das Geld nicht dabei. Ich sagte, das brauche sie auch nicht, es sei ein

Geschenk von Emma für die tägliche liebevolle Verpflegung.

Nun erlebte ich eine überglückliche Köchin, und als sie sich einen Kleinen schnappte und in den Ausschnitt ihrer riesigen Brüste stopfte, wusste ich, dass der kleine Hund ein liebevolles Zuhause gefunden hatte. Sie zog singend und tanzend davon. Nun gab es zwei glückliche Wesen, den Hund und die Köchin.

Und auch wir fuhren glücklich nach Hause.

Am folgenden Wochenende war Naniki wie immer bei mir. Wir sprachen darüber, dass wir noch ein Zuhause für die verbliebenen zwei jungen ´Dackel` finden müssten. Nach einigem Hin und Her machte Naniki einen Vorschlag: In Alexandra, einem Township östlich von Johannesburg, gäbe es ein Waisenhaus für aidskranke Kinder. Kinder, die außer ihrer tödlichen Krankheit nichts hatten, weder Eltern noch ein Zuhause. Zwei Nonnen betreuten diese armen Kinder. Das Waisenhaus konnte nur durch Spenden aufrecht erhalten werden. All dies erzählte mir Naniki mit eindrucksvollen Worten.

Mein Entschluss stand fest, und wir fuhren sofort los, um einzukaufen. Zwei dackelgerechte Körbchen mussten her, Fressnäpfe, Halsband, Leine.

Und einen ordentlichen Vorrat an Hundefutter hatten wir auch im Auto, als wir zu Hause ankamen. Wenn Naniki und ich zusammen unterwegs waren, glaubten die Leute, ich sei mit meiner Maid unterwegs. Dass wir ein Liebespaar waren, hielt niemand für möglich – es durfte ja auch nicht sein, war es doch gesetzlich verboten.

Am Sonntagmorgen verstauten wir wieder alles im Auto. Emma lag auf Nanikis Schoss, bei ihr hatte sie Narrenfreiheit. Die beiden Kleinen tummelten sich auf dem Rücksitz.

So erreichten wir Alexandra. Naniki dirigierte mich durch eine große Ansammlung winziger Häuser, Blechhütten und regelrecht unmenschlicher Behausungen, bis wir endlich vor dem Waisenhaus standen. Ohne Naniki hätte ich mich nicht nur unwohl gefühlt, ich hätte Angst gehabt.

Naniki ging zunächst allein ins Haus, um den Nonnen vorzutragen, was wir im Schilde führten.

Als sie wiederkam, dirigierte uns eine Nonne in einen Hinterhof. Dort luden wir unsere ganze Fracht aus. Inzwischen hatte man die Kinder in einem geräumigen Innenhof versammelt. Ich schaute in große erwartungsvolle Kinderaugen. Die Kinder waren aufgeregt – sie wussten, dass etwas geschehen würde, besonders als sie mich erblickten – einen weißen Mann! Hatte das nun etwas Gutes oder etwas Schlechtes zu bedeuten?

Naniki übernahm nun das Wort in ihrer Muttersprache. Sie sprach zu den Kindern von ihrem eigenen Leben, von Liebe und Respekt, und davon, füreinander da zu sein und sich gegenseitig zu achten.

Die Nonne hatte mir alles übersetzt.

Erst jetzt sprach Naniki von einem Geschenk, welches wir mitgebracht hatten, aber vorher müsste ein Lied gesungen werden. Shosloloza – das Nationallied der Schwarzen – handelte von Freiheit. Die Kinder waren begeistert. Ich hatte es geahnt und meine Mundharmonika mitgenommen.

Nach einem kleinen Vorspiel fing Naniki an zu singen. Sie hatte eine wunderbare Altstimme und sang dieses schöne Lied mit sehr viel Gefühl. Nach der ersten Strophe forderte sie die Kinder auf, mitzusingen. Ich selbst, begeisterter und ausgebildeter Sänger, hatte so etwas noch nicht erlebt. Diese Klangfülle – unglaublich. Ein Junge und ein Mädchen tanzten. „Das sind Geschwister, beide haben Aids“, erklärte mir die Nonne, „das Mädchen hat die Mutterrolle für den kleinen Bruder übernommen.“

Ich hatte bemerkt, dass die Menschen auf der Straße ebenfalls mitgesungen hatten. Was für ein Sonntag!

Nach dieser musikalischen Einlage gingen wir in einen Nebenraum, um unser Geschenk zu holen. Ich nahm Emma vorsichtshalber an die Leine. Eine Nonne und Naniki trugen jeweils einen Hundekorb mit Inhalt.

Als die beiden den Raum betraten, klatschten die Kinder überglücklich in die Hände, so etwas hatten sie bestimmt nicht erwartet.

Wieder folgte ein Vortrag von Naniki. Sie sprach über Hundepflege und Erziehung, das volle Programm.

Emma saß brav neben mir. An ihrem Blick sah ich, dass ihr das Ganze nicht geheuer war.

Die beiden Jungen saßen in ihren Körbchen und wedelten heftig mit dem Schwanz – sie liebten Kinder

Dann wurde es tumultartig, die Kinder nahmen Besitz von ihrem unverhofften Geschenk. In diesem Moment taten mir die beiden Kleinen leid. „Das wird sich bald normalisieren“, meinte Naniki. Recht hatte sie.

Dass wir diese armen Kinder so glücklich machen konnten, war auch für uns ein Geschenk.

Beim Abschied nahmen uns die Nonnen beiseite. „Ihr seid ein Liebespaar“, sagte eine von ihnen. „Stimmt“, sagte Naniki, und küsste mich demonstrativ. „Ihr seid sehr mutig, möge Gott euch allzeit behüten, wir werden für euch beten.“

Schweigend und nachdenklich fuhren wir nach Hause, es war wieder ein denkwürdiger Sonntag.

Zu Hause angekommen marschierte Emma zum Kinderzimmer, schnupperte an der Wurfkiste, ging dann gemütlich zurück zu ihrem Körbchen und legte sich hin – aber nicht lange. Wir hatten es uns gerade gemütlich gemacht, als Emma wie der Blitz auf Nanikis Schoß landete. Sie bettelte nicht einmal darum, sie betrachtete es bereits als ihr angestammtes Recht, diesen gemütlichen Platz einzunehmen. „Von mir aus“, dachte ich, denn anscheinend galten in meinem Haus zweierlei Maßstäbe für Emma. Sie wusste genau, bei wem sie was durfte und was nicht. Aber unser Schlafzimmer war nach wie vor für Emma tabu, und daran hielt sie sich strikt.

Am Montag nahm ich Emma wie immer mit zur Baustelle. Sie war nun stressfrei, ohne ihre Kinder.

Aber ihre Mittagspause vergaß sie nie. Ich folgte ihr, um die dicke Köchin zu besuchen.

Sie bedankte sich nochmal, auch im Namen ihrer Familie. Alle hätten sich riesig gefreut. Sie hätte aber ein Geschenk für mich, sagte sie, und überreichte mir stolz eine Tüte mit ′Fatcakes`. Diese bestanden aus Mehl, Hefe, Eiern und Zucker. Der Teig wurde dann löffelweise in heißem Öl ausgebacken. Dabei nahmen die Fatcakes skurrile Formen an. Sie schmeckten lecker und sättigten nachhaltig. Eine preiswerte Zwischenmahlzeit der schwarzen Bevölkerung, welche ich aber schon von Naniki kannte. Ich bedankte mich artig und ging zurück zu meiner Eisenbahn. Emma blieb noch bei der Köchin, sie war ja nicht umsonst in die Kantine marschiert.

Nach Feierabend machte ich mich auf den Weg zu meinem Auto. Keine Emma weit und breit, sie würde wohl wieder neben dem Auto sitzen. Das tat sie auch, aber wie! Sie war über und über mit Kot beschmiert, als hätte sie sich in einem Kuhfladen gewälzt. Es stank bestialisch. Ich würde wohl nie herausfinden, was Emma da angestellt hatte und warum, denn so etwas hatte sie noch nie getan. Ich legte eine alte Zeitung in den Fußraum des Beifahrersitzes, Emma sprang brav darauf und blieb auch dort liegen.

Sie wusste was ihr nun blühte – die Badewanne – und die mochte sie überhaupt nicht.

Auf der Heimfahrt öffnete ich alle Fenster, der Gestank war kaum auszuhalten.

Zu Hause angekommen befahl ich Emma, vor der Haustür sitzen zu bleiben – sie kannte das vom Einkaufen.

Ich ließ lauwarmes Wasser in die Badewanne und stellte das Hundeshampoo bereit.

Mit einem alten Tuch in der Hand öffnete ich die Haustür. Emma saß brav da und wartete auf das, was nun kommen musste. In dem Tuch trug ich ins Badezimmer!

Emma war der bravste Dackel in Afrika – aber nur, wenn sie etwas ausgefressen hatte.

So ließ sie sich auch anstandslos waschen, abbrausen und anschließend mit einem sauberen Tuch trockenreiben. Jetzt kam der Föhn dran – ich nutzte Emmas schlechtes Gewissen aus und zog das volle Programm durch. Als Emma die Hundebürste in meiner Hand sah, wedelte sie schon wieder mit dem Schwanz, denn das mochte sie gerne. Sie lief sofort auf die Terrasse für die nun folgende Prozedur. Nur beim Bürsten ihres Schnäuzers protestierte sie heftig und versuchte zu schnappen, aber es war nur eine Scheinattacke, sie würde mich niemals wirklich beißen. Nun stutzte ich Emmas Schnäuzer und die lästigen Haare unter dem Bauch. Sie sah nun aus, als müsse sie zu einem Schönheitswettbewerb.

Als ich mich zur Ruhe setzte und es mir gemütlich machte, brachte Emma mir meine Hausschuhe, der Frieden war wieder hergestellt und meine gute Laune auch.

Hunde verzeihen schnell – Menschen sollten das auch tun!

Naniki machte am folgenden Wochenende eine interessante Beobachtung. Wie jeden Samstag fuhr ich zum Einkaufen, während Naniki sich im Haus nützlich machte. Emma sauste plötzlich zur Haustür, wedelte aufgeregt mit dem Schwanz und bellte im Minutentakt. Die Hauptstraße, auf der ich heimfuhr, war ca. 200 Meter entfernt. Von dort bog ich in eine Seitenstraße, die zu meinem Haus führte. Sehen konnte man mich nicht, dazu war die Mauer zu hoch. Emma aber hatte schon lange das Motorengeräusch meines Autos gehört und wusste, dass ich in den nächsten Minuten eintreffen würde. Unglaublich! Oder war es Zufall?

Doch diese Beobachtung wiederholte sich fortan immer wieder, unter den vielen anderen Autos hörte Emma das Motorengeräusch meines Autos heraus – nun glaubte ich es auch.

Inzwischen hatte ich ein freundschaftliches Verhältnis zu dem Veterinär und nahm mir deshalb vor, ihn bei Gelegenheit nach Emmas Phänomen zu fragen.

Ich sollte den Arzt früher sehen als mir lieb war.

Wie jeden Sonntag nahmen wir uns auch diesmal etwas vor. Emma wusste das, die Sonntage waren immer spannend für sie. Sie saß dann schon aufgeregt mit der Leine in der Schnauze vor der Haustür, damit wir sie bloß nicht vergessen. Bald fuhren wir los in Richtung Haartebeesportdamm, dort war trotz der Nähe zu Johannesburg schon Wildnis pur. Fauna und Flora ala Afrika. Naniki wollte mit mir eine Wanderung unternehmen, um mir die verschiedensten Heilkräuter zu zeigen. Heilkräuter, die niemand in Europa kannte, schon gar nicht deren Anwendung. Naniki hatte ein breites Wissen über die Medizin der Natur. Wir waren schon Stunden in dieser unglaublichen Stille unterwegs, als Emma mal wieder verschwunden war. Wir brauchten ja nur zu warten, dachten wir.

Als Emma aber nach einer Stunde immer noch nicht zurück war, fingen wir an, uns Sorgen zu machen. Wir riefen sie wieder und wieder, es hörte sich fremd an in dieser Stille. Wir Europäer haben uns ja schon von Geburt an an den Lärm dieser Welt gewöhnt.

Plötzlich sagte Naniki: „Komm mit, wir suchen Emmas Fährte.“

Wir gingen ein Stück zurück, wobei sie konzentriert auf den Boden schaute.

„Hier ist Emma abgebogen“, Naniki blieb stehen.

Ich sah nichts. Sie war in der Natur aufgewachsen und hatte einen geübten Blick. Ich folgte ihr einfach. Es ging nun im Zick-Zack kreuz und quer durch den Busch. Einmal verlor sie die Spur, fand sie aber nach einer Weile wieder.

„Hier ist Emma“, sagte sie bestimmt, und zeigte mir eine Höhle, welche aussah wie ein Fuchsbau in Deutschland.

Ich befürchtete Schlimmes.

„Und nun?“, fragte ich.

„Horchen“, bekam ich zur Antwort.

Sie legte sich flach auf den Boden und steckte den Kopf halb in das Loch. Nach einer Weile stand sie auf und meinte, sie hätte Geräusche gehört, die sich anhörten wie ein Kampf in weiter Ferne. Nun hörte auch ich etwas, und das Geräusch kam näher.

Plötzlich schoss ein blutendes Tier aus dem Bau, gefolgt von Emma, die ebenfalls blutete.

Naniki rief: „Emma!“, dann etwas in ihrer Landessprache.

Emma machte eine Vollbremsung und kehrte langsam zu uns zurück.

Wieder wusste ich nicht, was Naniki gerufen hatte. Emma legte sich flach auf den Boden und starrte uns mit unschuldigem Dackelblick an. Sie tat mir leid, denn sie konnte ja nichts dafür. Sie war nur ihrem Instinkt gefolgt, und das kann kein Mensch einem Jagdhund abgewöhnen oder gar verbieten.

Nun zog Naniki ihre Bluse aus, wir legten Emma darauf und schauten uns ihre Verletzung an der Schnauze und an einem ihrer Hinterläufe an.

„Das ist nicht gefährlich, aber sie muss behandelt werden", stellte Naniki fest.

Also wickelten wir Emma in die Bluse ein und trugen sie den ganzen Weg zurück zum Auto. Naniki war nun oben ohne, was sie aber nicht im Geringsten störte, es schien für sie das Natürlichste der Welt zu sein.

Ich fuhr so schnell es die Straßen zuließen nach Hause, bzw. zum Veterinär. Der Arzt war sogar in seiner Praxis und staunte nicht schlecht, als er Naniki sah, noch dazu oben ohne.

„Meinen Respekt – und auch noch oben ohne – ihr habt aber Mut!", meinte er, im Hinblick auf unser schwarz-weißes Liebesverhältnis.

Nun wurde Emma untersucht. Sie ließ es ohne Murren über sich ergehen. Der Hinterlauf wurde zum Teil rasiert, genäht und verbunden,

die Schnauze bekam nur eine Tinktur verpasst. Zum Abschluss bekam Emma noch eine Spritze.
„Sie wird nun bis Morgen schlafen“, meinte der Arzt, dann fügte er hinzu: „Und jetzt trinken wir einen Kaffee zusammen und ihr erzählt mir, was passiert ist.“
Ich erzählte ihm die ganze Geschichte und beschrieb ihm das Tier, welches ich nur kurz gesehen hatte.
„Das war ein Budger, ein Dachs. Die sind auch in Afrika heimisch, sie haben hier nur eine andere Fellfärbung“, erklärte er uns. „Übrigens, der Nachkomme, den ich von Euch, oder besser von Emma, habe, macht genau das Gleiche, ein Jagdhund eben. Ich habe viel Freude mit dem Hund, er ist richtig lieb. Manchmal aber ist er stur und eigensinnig, so wie Dackel eben sind, obwohl er nicht reinrassig ist.“
Emma schlief bereits, als es an der Tür kratzte.
„Das ist Nicki – so heißt mein Hund“, sagte er.
Er öffnete die Tür und Nicki stürmte herein. Zuerst wurden Naniki und ich stürmisch begrüßt, dann sein Herrchen.
„Der Hund hat nicht euch erkannt, sondern eure Stimmen. Die meisten Hunde haben Stimmen und bestimmte Geräusche in ihrem Langzeitgedächtnis gespeichert.“

Das erklärte auch die Tatsache, dass Emma mein Auto sogar auf größere Entfernung, obwohl nicht sichtbar, erkannte. Ich erzählte es dem Veterinär. Der lachte und sagte:

„Ihr glaubt gar nicht, was Hunde hören und riechen können, da sind wir Menschen Waisenkinder dagegen.“

Ich erzählte ihm auch die Geschichte, in der Emma mich nachts aus dem Bett gezerrt hatte, als beim Nachbarn eingebrochen wurde.

„Das ist Emmas Beschützerinstinkt“, meinte er nur.

Eine Bezahlung lehnte er ab, reichte aber Naniki ein Hemd, da sie ja immer noch barbusig war.

Von mir aus hätte sie das Hemd nicht gebraucht.

So fuhren wir nach Hause und legten Emma in ihr Körbchen – sie wachte nicht einmal auf.

Über Langeweile konnten wir uns wahrlich nicht beklagen.

An diesem Abend musste ich mir meine Hausschuhe selber holen.

Naniki hatte eine Woche Urlaub. Ich bot ihr sofort an, bei mir zu bleiben, sie würde dann die verletzte Emma pflegen können. Ich hätte es ihr aber auch ohne Emma angeboten, denn in Soweto war das Leben kein Zuckerlecken. Naniki war überglücklich, gefragt hätte sie mich danach bestimmt nicht.

Montagmorgen humpelte Emma mit der Leine in der Schnauze zur Tür und wartete auf mich. Die Leine war eigentlich nur symbolisch, denn nur selten leinte ich Emma an, schon gar nicht auf meiner Baustelle.

„Emma“, rief Naniki, „du bleibst hier“, und dabei streichelte sie Emma liebevoll.

Emma akzeptierte nur allzu bereitwillig, wusste sie doch nur zu gut, wie liebevoll Naniki sein würde.

Auf der Baustelle bemerkte man sofort, dass Emma nicht mitgekommen war. Ich erklärte, dass sie nach einem nicht beendeten Nahkampf krankgeschrieben sei – doch niemand nahm mich ernst.

Gegen Mittag ging ich zur Kantine, da ich wegen des gestrigen Zwischenfalls mit Emma nicht gekocht hatte. Während ich mit der Köchin sprach, fühlte ich einen Stupser am Bein, drehte mich um und wurde augenblicklich freudig begrüßt.

„Das ist mein Hund Beauty, sie hat dich an der Stimme erkannt.“

Als Beauty sich wieder beruhigt hatte, erklärte ich der dicken Köchin, warum ich wegen Emma hungrig war.

„Herzlich willkommen“, meinte sie nur, stellte mir einen Teller hin und füllte ihn mit einer riesigen Portion Mieliepap mit Beef Stew, einem Essen aus der traditionellen afrikanischen Küche, wie ich es auch von Naniki kannte.

Es schmeckte fantastisch, ein Abendessen brauchte ich heute bestimmt nicht mehr. Nachdem ich mich bedankt hatte, wollte ich gehen, aber Beauty folgte mir. Die Köchin rief sie, die Hündin blieb stehen, schaute zu mir hoch und kehrte dann um. Na ja, dachte ich, gehorchen hatte sie schon mal gelernt.

Zu Hause sah ich Emma ohne Verband. „Den hat sie sich selbst irgendwie abgenippelt“, sagte Naniki, aber sonst sei sie sehr lieb gewesen.

Das beruhte wohl auf Gegenseitigkeit, dachte ich mir im Stillen.

Später brachte mir Emma meine Hausschuhe, immer noch ein wenig humpelnd und mit einer kahlen Stelle am Hinterlauf.

Die Welt war aber wieder in Ordnung.

Nachdem wir es uns gemütlich gemacht hatten, suchte Emma ihren Stammplatz auf, Nanikis Schoss.

Sie wollte hochgehoben werden, was Naniki natürlich auch tat. Machte Emma jetzt auf wehleidig?

Ich traute es ihr durchaus zu. Das Lotterleben würde ich ihr aber wieder abgewöhnen, nahm ich mir vor.

In der folgenden Woche, Naniki war wieder in Soweto, blitzte meine Wohnung wie noch nie. Die Wäsche war gewaschen und gebügelt, Naniki hatte ganze Arbeit geleistet. Ich wollte das nicht, aber sie hatte sich nicht davon abbringen lassen. Ich würde mir etwas einfallen lassen, um ihr eine Freude zu machen.

Emma hatte ihre Erziehung nicht vergessen und benahm sich vorbildlich, sie schaltete einfach um auf Normalität. Die kahle Stelle in ihrem Fell wuchs bereits wieder zu und humpeln tat sie auch nicht mehr. Was wollten wir mehr.

Ich war inzwischen unsterblich verliebt, und Emma hatte nun auch ein bezauberndes Frauchen........

Etwa 100 km westlich von Johannesburg entfernt gab es eine bekannte Krokodilfarm, die ich am Sonntag mit Naniki besuchen wollte. Der Ort war ein populärer Touristenmagnet.

Naniki freute sich, denn dort wurde auch traditionell getanzt und gesungen.

Einen Picknickkorb hatten wir schon am Abend vorher hergerichtet. Am Sonntagmorgen machten wir uns auf die Reise, natürlich mit Emma. Sie ahnte wohl, dass es wie immer spannend werden würde, wenn ich mit Naniki zusammen losfuhr. Natürlich hatte sie wieder mit der Leine an der Tür gesessen.

Wir fuhren durch wunderschöne Landschaften, durch afrikanisches Bushveld, und erreichten schließlich die Krokodilfarm. Naniki fiel dort nicht besonders auf, da auch Besucher aus anderen afrikanischen Ländern anwesend waren, und die waren ebenfalls schwarz. Auch ein schwarz – weißes Paar aus den USA war unter den Besuchern.

Emma hatte ich an der Leine, obwohl sie dort nichts anstellen konnte, denn selbst die kleinsten Krokodile in den Aufzuchtabteilungen waren gegen jeden Zugriff bestens geschützt. Sie verhielt sich ganz brav und folgsam. Krokodile erweckten nicht ihr Interesse, denn sie kannte diese fürchterlich stinkenden Tiere nicht.

Nach der Führung, mit anschließendem sehr lehrreichen Vortrag, begaben wir uns in den Vergnügungspark, weg von dem Gestank.

Die traditionellen Tänze wurden fachkundig von Naniki kommentiert. Allerdings meinte sie, mit Tradition hätte das Ganze nichts zu tun, aber das hatte sogar ich bemerkt. Hier wurde eine Touristenschau veranstaltet. Die Wirklichkeit war unvergleichlich schöner und eindrucksvoller. Ich hatte es mit Naniki in ihrer Heimat erlebt.

Nach einiger Zeit traten wir den Heimweg an. Emma machte irgendwie einen gelangweilten Eindruck, sie hatte sich wohl mehr von unserem Ausflug erhofft, ein Abenteuer vielleicht?

Da unser Picknickkorb durch Emmas Mithilfe längst leer war, kehrten wir unterwegs in einem entlegenen Gasthof ein, um etwas zu trinken. Es war sehr voll dort, und nur mit etwas Glück fanden wir einen Tisch für zwei Personen. Eine Kellnerin fragte nach unseren Wünschen, und wir bestellten. Den ungläubigen Blick der Bedienung, der hatte Naniki gegolten hatte, hatte ich sehr wohl bemerkt. Statt der Bestellung kam kurze Zeit später ein Mann mit hochrotem Kopf im Eilschritt an unseren Tisch und wollte uns rausschmeißen. „Schwarze sind hier nicht erlaubt....!“

Als wir nicht sofort reagierten, wurde er laut. Unflätiges kam aus seinem Mund, und seine Drohgebärde war unmissverständlich.

Plötzlich schoss Emma unter dem Tisch hervor und biss dem Kerl ohne Vorwarnung ins Bein.

Es entstand ein Tumult, einige riefen nach der Polizei....

Ich schnappte mir Emma, als sie gerade wieder Anlauf nehmen wollte, und wir rannten aus dem Lokal – nichts wie weg hier. Als wir im Auto saßen, brausten wir mit Vollgas davon.

Emma war völlig aus dem Häuschen, so wütend hatte ich sie noch nie gesehen.

Naniki sagte kein Wort, sie tat mir unendlich leid – die Apartheid hatte zum ersten Mal für uns zugeschlagen.

Emma aber hatte auf jeden Fall eindrucksvoll bewiesen, dass Naniki unter ihrem persönlichen Schutz stand.

Um einer möglichen Verfolgung zu entgehen, fuhren wir auf Umwegen nach Hause.

Als wir unbehelligt dort ankamen, brach Naniki zum ersten Mal ihr Schweigen. Liebevoll streichelte sie Emma, als sie zu ihr sagte:

„Hunde dürfen überall rein, Schwarze nicht!!“

Diesen Satz werde ich nie vergessen. Allein wie sie das gesagt hatte, ganz ruhig, ohne Groll oder gar Hass.

Emmas Instinkt war untrüglich, sie stupste Naniki mit ihrer kalten Schnauze an, leckte ihre nackten Füße. Sie sprang nicht wie sonst auf Nanikis Schoss, erst als Naniki sagte: „Komm!“, landete Emma auf ihrem Schoss, legte den Kopf auf ihre Hand und starrte mich unverwandt an.

Ich glaubte fast, dass Emma die Tragweite des heutigen Vorfalls begriffen hatte. Jedenfalls hatte sie Naniki eindrucksvoll verteidigt. Es folgte ein schweigsamer Abend. Naniki hat den Vorfall nie wieder erwähnt – mit keinem Wort.

Am nächsten Tag fuhr ich mit Emma wieder zur Baustelle. Sie benahm sich wie immer und ging sofort auf Erkundungstour. Ich selbst hatte Schwierigkeiten, mich zu konzentrieren und musste fortwährend an Naniki denken. Was ging wohl in ihr vor? Ich hörte sie noch am Morgen, als sie leise im Halbschlaf sagte: „Gott wird es richten.“

Ich war jetzt lange genug in Südafrika, um die Mentalität der rassistischen Buren zu erkennen und glaubte manchmal, dass sie Adolf Hitlers ′Mein Kampf‵ auf dem Nachttisch liegen hatten!

In der Pause ging ich mit Emma die dicke Köchin besuchen. Ich hatte das Bedürfnis, mit jemandem zu reden. Emma bekam wie immer ihren Napf gefüllt, dann sagte die Köchin plötzlich:

„Sprich! Du willst mir doch etwas erzählen."

Sie hatte längst bemerkt, dass ich anders war als sonst. Also erzählte ich ihr den gestrigen Vorfall. Die Köchin, die sonst reden konnte wie ein Wasserfall, hörte mir schweigsam und geduldig zu. Als ich geendet hatte, schwieg sie noch immer. Sie hatte Tränen in den Augen, als sie mich plötzlich umarmte. Dann sagte sie leise:

„Die Würde und die Freiheit des Menschen sind unantastbar, so will es Gott, und daran glauben wir."

Damit war das Gespräch beendet.

Als ich mit Emma ging, hatte die Köchin auch mich ´gefüttert`.

In den folgenden Wochen machte ich eine erstaunliche Erfahrung. Ich wusste, dass Hunde instinktiv spüren, wenn jemand sie nicht mag oder sich feindselig verhielt. Emma war aber kein normaler Rauhaardackel, sie hatte nämlich einen Instinkt entwickelt, mit dem sie Buren bzw. Rassisten erkennen konnte.

Das hört sich unwahrscheinlich an, aber es war tatsächlich so. Wann immer ich mit Naniki unterwegs war, konnten wir dieses Phänomen beobachten. Emma hatte längst ihre Aversion gegen Schwarze abgelegt. Dafür hatte sie eine neue aufgebaut – sie konnte unabhängig von der Hautfarbe die ´Gesinnung` ihres Gegenüber erkennen. Ich konnte das nicht, jedenfalls nicht auf den ersten Blick. In solchen Situationen wurde Emma dann ungemütlich, zog an der Leine und fletschte knurrend die Zähne.

Wann immer Naniki und ich unter Menschen waren, behielt ich Emma nun an der Leine.

Emma war eine Apartheids-Gegnerin geworden!

Bei nächster Gelegenheit statteten wir dem Veterinär und Hundekenner einen Besuch ab. Bei Kaffee und Kuchen berichteten wir über unsere neue Erkenntnis. Er hörte gut zu und sagte schließlich, dass es so etwas wirklich gäbe, nur erklären könne er das nicht, niemand könne das. Instinkte seien nicht erklärbar.

Emma hatte sich inzwischen mit Nicki aus dem Staub gemacht, beide liebten die Natur.

Nach einer Stunde kamen sie wieder zurück und legten sich zu uns auf die Terrasse.

Alle zusammen genossen wir den späten Sonntagnachmittag in Afrika.

Emma mochte den Veterinär, er war ja auch kein Rassist.

Noch in der folgenden Nacht schlug Emma an und veranstaltete einen Mordslärm. Wir stiegen aus dem Bett, um nachzusehen was los war. Da kam Emma uns schon entgegen, um uns zu holen. Ich öffnete die Haustür und sah gerade noch zwei zwielichtige Gestalten durch das Haupttor verschwinden. Emma hatte mal wieder gut aufgepasst.

Da unsere Schlafzimmertür stets offen war, sagte ich zu Naniki, sie möge Emma doch mal rufen. Emma kam, blieb aber an der Türschwelle stehen. Allzu gerne wäre sie nun in Nanikis oder mein Bett gesprungen. Als Naniki dann auch noch rief „Komm!", dachte ich, jetzt wird sie schwach. Emma aber blieb standhaft und ging beleidigt zurück zu ihrem Körbchen. Trotz aller afrikanischen ´Nebenwirkungen` hatte sie ihre Erziehung doch nicht vergessen.

Zufrieden schliefen wir nach diesem Intermezzo wieder ein.

Am nächsten Morgen traf ich meinen Nachbarn, der die nächtliche Störung bemerkt hatte. „War ja auch nicht zu überhören", entgegnete ich.

„Wenn Emma mal wieder Junge bekommt, möchte ich eines abhaben, die können dann auch so viel Lärm machen wie sie wollen", meinte er lächelnd.

Da Naniki am Samstag gearbeitet hatte, war der Montag für sie arbeitsfrei. Deshalb entschloss ich mich, sie mit auf meine Baustelle zu nehmen.

Das Security Personal kannte mein Auto und ließ uns durch, und ich erreichte mit Naniki und Emma die Baustelle. Die Arbeiter begrüßten Naniki mit gemischten Gefühlen. Sie hatten sofort bemerkt, dass sie keine Hausangestellte war, sie war zu hübsch und nicht als Maid gekleidet.

Einer der Arbeiter nahm allen Mut zusammen, nahm seine Mütze ab, holte tief Luft und sprach aus, was alle dachten:

„Wir haben die größte Hochachtung vor eurem Mut. Die Rassentrennung und somit die Apartheid einfach zu ignorieren, das gibt uns ein bisschen Zuversicht – schön, dass es Menschen wie euch gibt!“

Er hatte alles gesagt, was er und seine Kollegen auf dem Herzen gehabt hatten. Jetzt gingen alle wieder an die Arbeit, aber nicht schweigsam, sie sangen – ein Lied von Freiheit........

Emma saß auf einem kleinen Hügel und beobachtete die Szene, sie stufte das Ganze wohl als nicht bedrohlich ein, sonst hätte sie sich anders verhalten.

Kurz vor der Mittagspause nahm dann das Unheil seinen Lauf.

Der Oberbauleiter und Shareholder des Projekts kam ein bis zwei Mal im Monat, um die Gesamtbaustelle zu inspizieren. Ich sah ihn schon von weitem kommen. Nicht alle Buren waren Rassisten, aber dieser war einer der übelsten Sorte, jedenfalls aus meiner Sicht.

Er kam sofort auf mich zu und begrüßte mich freundlich, die schwarzen Arbeiter aber ignorierte er. Dann sah er Naniki, und sofort verfinsterte sich sein Gesicht.

„Wer ist die Schwarze?“, fragte er düster und zeigte mit dem Finger auf Naniki.

Ich antwortete: „Meine Geliebte.“

Damit war ich wohl meinen Job los!

Ich hatte Emma schon eine Weile nicht mehr gesehen, doch ich ahnte, dass sie da war – und sie war da. Denn in dem Moment, als der Mann mit ausgestrecktem Arm bedrohlich auf Naniki zeigte, verbiss Emma sich in seine Wade. Sie musste irgendwo auf der Lauer gelegen haben. Der Mann schrie und hatte plötzlich eine Pistole in der Hand.

Genauso plötzlich standen sämtliche Arbeiter um uns herum – sie machten alles andere als einen freundlichen Eindruck. Ich nahm Emma von der stark blutenden Wade des Bauleiters. Hätte er jetzt geschossen, wäre er tot gewesen.

Der Bure wusste das. Er trat den Rückzug an, jedoch nicht, ohne mich vorher von der Baustelle zu verweisen.

Das alles hatte sich in weniger als zwei Minuten abgespielt.

Als Naniki, Emma und ich gingen, hörten wir die Arbeiter singen – es klang irgendwie traurig. Hatten sie jetzt einen Sieg errungen? Ich wusste es nicht. Da ich die Adresse der dicken Köchin kannte, wollte ich Naniki bitten, sie in Soweto zu kontaktieren, denn ich wollte wissen, ob die Arbeiter daraufhin irgendwelche Repressalien zu erleiden hatten.

Die Firma, für die ich gearbeitet hatte, kannte zwar meinen Namen, nicht aber meine Adresse, und die Erfindung des Einwohnermeldeamtes war noch nicht bis nach Südafrika vorgedrungen. So konnte mich der Oberbauleiter wegen Emmas Attacke ruhig anzeigen. Außerdem glaubte ich, dass die Rassisten andere Sorgen hatten.

Zu Hause machte Emma einen völlig entspannten Eindruck, für sie war die Sache erledigt. Sie hatte Naniki mal wieder verteidigt. Naniki meinte, dass der Mann froh sein konnte, dass Emma nur ein kleiner Hund war, aber wer einmal den Fang eines Dackels gesehen hat, würde die Bemerkung ´kleiner Hund` wohl streichen. Emma war nun wirklich nicht bösartig, aber wenn Gefahr im Verzug war, stand sie ihren Mann, oder besser gesagt ihre Frau`.

Dass ich nun meinen Job los war, beunruhigte mich nicht im Geringsten, denn die Arbeit auf meiner Baustelle war sowieso fast beendet.

Also beschloss ich, zur Deutschen Arbeitsvermittlung nach Johannesburg zu gehen, denn ich hatte gelesen, dass eine deutsche Firma einen Bauleiter für die Trockenkühlung eines Kraftwerkes suchte. Der Job war für mich maßgeschneidert, es war mein eigentlicher Beruf.

An diesem ´freien` Nachmittag verwöhnte Emma Naniki und Naniki verwöhnte Emma. Mich hatten sie anscheinend vergessen.

Da Naniki wieder zur Arbeit gegangen war, ich dagegen nicht mehr arbeiten durfte, setzte ich mich an den Küchentisch und schrieb meine Bewerbung an die deutsche Arbeitsvermittlung. Zeugnisse und Diplom hatte ich aus Deutschland mitgebracht. Es sollte meine erste richtige Bewerbung in Afrika werden. Als alles geschrieben und geheftet war, fiel mir auf, dass ich Emma die ganze Zeit nicht gesehen hatte. Ich ging ins Wohnzimmer, dann zur

Haustür. Dort saß Emma mit der Leine in der Schnauze und wartete – sie wollte wie gewohnt mit mir zur Baustelle. Als sie mich mit dem Aktenordner in der Hand und in Ausgehkleidung sah, schien sie zu begreifen, dass sich unser Leben nun verändern würde. Sie legte sich in ihr Körbchen, ihr Blick sagte alles.

Etwas später fuhr ich mit Emma nach Sandton City, um meine Bewerbung direkt in der Agentur abzugeben. Danach gingen wir in dem größten und luxuriösesten Shopping-Center des Kontinents spazieren. Luxus pur und nochmals Luxus pur. Gleich nebenan, nur durch die Hauptstraße getrennt, war Alexandra. Einen krasseren Gegensatz konnte es nicht geben. Die Armut in diesem Township für Schwarze war unbeschreiblich. Dort war auch das Waisenhaus für aidskranke Kinder, wo wir die beiden jungen Hunde verschenkt hatten.

Emma fühlte sich überhaupt nicht wohl in diesem riesigen Luxusbunker. Wann immer wir in die Nähe eines Ausgangs kamen, schnupperte sie frische Luft, zog wie wild an der Leine und wollte einfach nur raus. Ich verstand sie nur zu gut, die Freiheit und die Natur waren uns ans Herz gewachsen.

Wir machten, dass wir wegkamen. Ich fuhr aber nicht nach Hause, sondern nahm eine ganz andere Richtung, bis wir schließlich in unserem geliebten Busch landeten.

Der Rummel war vorbei, absolute Stille umgab uns. Emma sprang aus dem Auto und war sogleich verschwunden. Der Veterinär hatte mir schon vor längerer Zeit eine Hundepfeife geschenkt. Emma reagierte auf den Ton, den Menschen nicht hören konnten. Sie war die Pfeife inzwischen von der Baustelle her gewohnt. Zwar kam Sie dann nicht sofort zurück, bellte aber laut und deutlich, gab also Antwort. Ich wusste dann ungefähr, wo sie war, und dass sie sich nicht in Schwierigkeiten befand.

Der Veterinär hatte mir auch erklärt, dass Emma instinktiv nicht auf größere Wildtiere losgehen würde. Es gab hier Warzenschweine in der Gegend, und die konnten selbst Löwen töten. Löwen gab es hier in der Nähe von Johannesburg allerdings nicht.

Auf einmal wurde mir bewusst, wie sehr mir Naniki fehlte. Ohne sie waren Emma und ich nicht komplett. Wir waren das perfekte Trio.

Ich wanderte und dachte über Naniki und mich nach, eine schwarz-weiße Zukunft in Südafrika? „Ja – die wird es geben!“, dachte ich laut. Mein Entschluss stand eigentlich schon lange fest.

Es wurde Zeit, nach Hause zu fahren. Ich pfiff, Emma antwortete und kam nach ein paar Minuten. Sie begrüßte mich, als hätte sie mich tagelang nicht gesehen. Hatte sie wieder etwas angestellt? Doch sie war gesund und munter, mehr wollte ich gar nicht wissen.

Kurz nachdem wir zu Hause angekommen waren, erhielt ich einen Anruf von der Arbeitsagentur und wurde prompt zu einem Vorstellungsgespräch eingeladen.

„Das ging aber schnell“, dachte ich.

Im Kühlschrank hatte ich noch einen Karton mit drei Dosen Bier. Da es mir so aber zu kalt war, nahm ich es heraus und stellte es achtlos auf den Küchenstuhl.

Später brachte mir Emma wie immer meine Hausschuhe, und danach tatsächlich auch noch die drei Dosen Bier. Ich hatte fast den Verdacht, sie hatte doch etwas angestellt. Der Ehemann, der mit Blumen nach Hause kam, hatte ja meistens auch etwas ausgefressen, dachte ich belustigt, aber nachdem ich Emma ihr Fressen gegeben hatte, schlief sie friedlich vor meinen Füßen ein.

Ich dachte an den gestrigen Tag auf der Baustelle, es war ein denkwürdiger Tag gewesen.

„Wie verkraftet Naniki nur diese unmenschliche Diskriminierung?“, überlegte ich.

Ich hatte sie einmal danach gefragt.

Ihre Antwort war: „Durch die Hoffnung auf Freiheit und durch unsere Liebe....“.
Dann hatte sie noch hinzugefügt: „Die Gedanken sind frei........“
Mir kam das gleichnamige Lied in den Sinn.

Als ich nach Sandton City zu meinem Vorstellungsgespräch musste, ließ ich Emma zu Hause. Sie fühlte sich in der Stadt nicht wohl, ich hatte es ja gerade erst erlebt. Das Gespräch verlief harmonisch, nach zwei Stunden hatte ich einen Festanstellungsvertrag in der Tasche. Ich wurde Bauleiter für die Trockenkühlung eines riesigen Kraftwerks mitten im Busch an der Grenze zu Botswana. Ein neuer Firmenwagen mit Benzinkarte war Teil des Vertrages. Ich hatte einen Traumjob und war wieder in meinem erlernten Beruf. Was wollte ich mehr. Arbeitsbeginn war in knapp vier Wochen, auch das war mir sehr recht.

Zu Hause begrüßte mich Emma stürmisch, ich hatte sie schon gehört, als ich noch im Auto saß. Das Motorengeräusch meines Autos hatte sie wieder lange vorher wahrgenommen.
Ich war überglücklich. Emma bemerkte meine gute Laune und brachte mir prompt die Leine,

sie wollte auch an meiner guten Stimmung teilhaben.

Gegen Mittag fuhren wir in unsere geliebte Natur. Emma verschwand sofort, aber diesmal folgte ich ihr einfach in einiger Distanz – aus Neugierde. Emma hatte längst bemerkt, dass ich hinter ihr war, aber es störte sie nicht. Plötzlich blieb sie stehen und fing an zu fressen, aber was? Es waren Mopanewürmer, die auf dem gleichnamigen Baum hausten. Die Mopanewürmer sind extrem eiweißhaltig und nahrhaft, in heißem Öl ausgebacken schmeckten sie wirklich lecker. Die Schwarzen schüttelten sie einfach vom Baum und sammelten sie ein. Man konnte sie sogar in manchen Supermärkten kaufen, sie galten hier als Delikatesse. Ganz früher soll es die Leibspeise der hier lebenden Buschmänner gewesen sein.

Emma kannte die Geheimnisse der afrikanischen Natur besser als ich, aber woher? Sie war ein Deutscher Rauhaardackel!

Als keine Würmer mehr da waren, lief Emma weiter und weiter, ich hatte sie fast aus den Augen verloren, als sie wie wild anfing zu bellen. Was war jetzt los? Als ich näher kam, sah ich einen ausgewachsenen Skorpion in Angriffstellung auf einem Stein sitzen. Ich kannte dieses Tier aus Büchern, der Stich eines Skorpions ist tödlich, auch für den Menschen.

Emma wusste das anscheinend, oder aber ihr Instinkt hatte Alarm geschlagen. Sie blieb respektvoll auf mindestens drei Meter Distanz. Diese tödliche Gefahr musste ich beenden, ich nahm meine Pfeife und pfiff. Emma stoppte abrupt ihr Gebell und kam zu mir zurück. Sie stupste mich am Bein, so als wollte sie sagen: „Nichts wie weg hier!"

Ich hatte gelesen, dass viele Tiere Drohgebärden und Warnfarben entwickelten, um Fressfeinde abzuschrecken, aber der Bursche von eben war tatsächlich extrem gefährlich. Ich drehte mich noch einmal um, der Skorpion war vermutlich unter dem Stein verschwunden, jedenfalls war er nicht mehr zu sehen.

Emma hielt die Nase nach unten, sie lief auf unserer Fährte zurück. So kamen wir auch wieder an dem Mopanebaum vorbei. Vereinzelt lagen schon wieder herabgefallene Würmer auf dem Boden, die Emma genussvoll verspeiste.

Zu Hause war Emma nicht mehr hungrig, sie hatte ja auch eine sehr gesunde Mahlzeit gehabt.

Nach dieser anstrengenden Tour machten wir es uns im Wohnzimmer gemütlich, und Emma brachte mir wie gewöhnlich meine Hausschuhe, aber irgendetwas trieb sie um, bis sie schließlich an meinem Hosenbein zupfte. Das war Emmas Aufforderung, ihr zu folgen, das kannte ich ja. Diesmal führte sie mich zum Kühlschrank und ich ahnte, was sie meinte. Kaum hatte ich eine Dose Bier heraus genommen, schnappte Emma sie mir augenblicklich aus der Hand und verschwand damit. Eine Minute später brachte sie mir die Dose zu meiner Couch, danach holte sie mir auch noch meine Zigaretten. Ich war gerührt und amüsiert zugleich, als ich Emma zum Dank streichelte.

Aber Schlitzohr Emma hatte ein ganz anderes Ziel – sie wollte mit auf die Couch!

Bei Naniki durfte sie das, warum nicht auch bei mir – musste sie wohl gedacht haben. Aber daraus wurde nichts, ich blieb hart. Emma zog sich zurück in ihr Körbchen und spielte bis zum nächsten Morgen die beleidigte Leberwurst.

Den ganzen Abend strafte sie mich mit Ignoranz. Sie hätte Schauspielerin werden können, aber das sind Dackel ja sowieso von Natur aus.

Dieses Spielchen wiederholte sie noch ein paar Abende, dann gab sie auf. Sie brauchte ja nur zu warten, bis Naniki am Wochenende wieder da war. Dann durfte sie auch wieder auf die Couch, endlich.....

So war es auch. Als Naniki kam, setzte sich Emma demonstrativ schon vor uns auf die

Couch. Ich musste laut lachen, als sie dort saß und mich schief angrinste. Ja, ich behaupte immer noch, dass Dackel grinsen können. Für mich jedenfalls konnte Emma grinsen, sie sah dann richtig verwegen aus mit ihrem Schnauzbart. Später musste ich Naniki meinen Heiterkeitsausbruch erklären.

Auch erzählte ich ihr von unseren Abenteuern: Mopanewürmer, Skorpion usw. Sie hörte aufmerksam zu. Anschließend musste auch sie laut lachen.

„Am nächsten Wochenende lade ich dich zu einem Mopanewürmer-Essen ein“, sagte sie mir strahlend ins Gesicht.

Sofort bedauerte ich meine Redseligkeit.

Würmer?

Dieser Gedanke sollte mich dann am Sonntag wieder ´beglücken`.

Am Samstag fuhren wir erst einmal alle drei zum Einkaufen. Mir war schon lange aufgefallen, dass verdächtige Buren/Rassisten Emma völlig kalt ließen, solange ich mit ihr allein unterwegs war. Sobald wir jedoch Naniki bei uns hatten, wurde Emma ein Apartheid-Gegner erster Güte. Ich hatte sie dann stets an der Leine. Wann immer uns eine vermeintliche Gefahr begegnete, bezog Emma Stellung. Sie bellte zwar nicht, stand aber in drohender Haltung vor Naniki und brachte knurrend ihre ganze Wut zum Ausdruck. Es war mir schon manchmal peinlich, aber Emma war nun mal ein afrikanischer Dackel geworden. Sie kannte die fremdartige Natur und die einheimischen schwarzen Menschen inzwischen gut. Sie liebte meine zukünftige Ehefrau und passte auf sie auf, wie ich es wohl nicht besser hätte tun können, obwohl sie anfangs der schwarzen Hautfarbe nicht gerade sehr zugetan war. Dinge können sich eben ändern.

Sonntag war nun also Mopanewürmersuchen angesagt. Ich versuchte, meinen Widerwillen nicht zu zeigen, da musste ich jetzt durch, ich hatte es mir selbst eingebrockt. In der unendlichen Weite des afrikanischen Buschlandes war es nicht einfach, etwas wiederzufinden, aber auf Emma war Verlass, denn plötzlich wollte sie ausbrechen. Entweder folgte sie ihrer alten Fährte, oder sie wusste, wo wir hin wollten. Wir gingen einfach hinter ihr her, und schon in weiter Ferne entdeckte Naniki den Mopanebaum. Er überragte das flache Buschfeld. Emma behielt die Nase unten, und wir landeten tatsächlich an dem gesuchten Baum. Naniki hatte einen Leinenbeutel dabei. Hastig fing sie an, die Würmer einzusammeln, während Emma begierig fraß. Es kam mir vor wie ein Wettlauf, aber am Ende hatten beide gewonnen. Emma war satt und Naniki hatte ihren Leinenbeutel voller Würmer.

Emma führte uns nun kreuz und quer durch den Busch, überall gab es etwas für sie zu entdecken. Aber etwas Gefährliches war Gott sei Dank nicht dabei. Dachte ich!

Plötzlich hielt mich Naniki zurück:

„Nicht weitergehen!“, sagte sie.

Ich blieb gebannt stehen und traute meinen Augen nicht. Direkt vor Emma saß aufgerichtet eine Schlange in gelblicher Färbung – es würde einen Kampf geben, dessen war ich mir sicher. Naniki zog mich zurück.

„Die Schlange ist gefährlich, du musst Emma zurückpfeifen!“, flüsterte sie.

Ich hatte die Hundepfeife schon in der Hand und pfiff.

Emma stutzte und bewegte sich langsam rückwärts. Erst jetzt sah ich die Schlange in voller Größe, nach meinem Ermessen zu groß für einen kleinen Dackel. Zum Glück kam Emma zu uns zurück, sichtlich beleidigt.

„Die Hundepfeife hat Emma mit Sicherheit das Leben gerettet“, meinte Naniki zufrieden.

Emma führte uns schnurstracks zum Auto zurück. Sie sprang sofort auf den Rücksitz und wendete den Kopf in die entgegengesetzte

Richtung, sie war tatsächlich beleidigt und wollte uns nicht sehen.

Naniki hatte bemerkt, dass ich wegen meiner Aktion mit der Hundepfeife Zweifel hegte. Sie meinte, Emma habe uns nur schützen wollen, wir waren ja direkt hinter ihr gewesen. Ich glaubte es ihr, und so fuhren wir einigermaßen zufrieden nach Hause.

Als ich aus der Dusche kam, hörte ich Naniki im Wohnzimmer reden. Sie streichelte Emma liebevoll und sprach mit ihr. Lauschen war nicht meine Sache, aber was ich jetzt hörte, gab mir nicht nur zu denken, es ging mir, gelinde gesagt, unter die Haut.

Naniki sagte leise zu Emma: „Du bist frei – ich nicht, du darfst überall hin – ich nicht, du darfst zwar auch nicht wählen, aber du musst nicht um zehn Uhr in einem unserem Townships sein – so wie ich. Jetzt bin ich illegal bei deinem Herrchen – du nicht. Ich liebe dein Herrchen und darf es nicht zeigen – du darfst es. Emma, genieße deine Freiheit, du weißt nicht, welch wertvolles und teures Gut die Freiheit ist.........!“

Ich hatte genug gehört und unterbrach diesen unglaublichen Monolog.

Dann nahm ich Naniki in den Arm und versprach:

„Auch du wirst frei sein, wir werden frei sein! Wir sind bisher unseren Weg gemeinsam gegangen und werden es weiter tun. Die Würde und die Freiheit des Menschen sind unantastbar. Naniki – wir werden es beweisen! Uns kann nichts und niemand trennen!“

Wir hielten uns noch lange eng umschlungen, bis Naniki meine Worte bekräftigte:

„Ja – zusammen werden wir es schaffen! Ich bin sehr stark, und mit Dir zusammen kann ich den Konsequenzen gelassen entgegen sehen!“

Meinen schon lange gefassten Entschluss hatten wir soeben unwiderruflich gefestigt.

Emma hatte die ganze Zeit auf der Couch gesessen und aufmerksam zugehört, jedenfalls hatte es so ausgesehen. Natürlich konnte sie nichts begreifen, aber ein Gespür für die Tragweite unseres Dialoges hatte sie bestimmt, das wusste ich genau.

Sie hatte längst vergessen, die Beleidigte zu spielen und leckte unsere Hände, wann immer sie konnte. So lag sie plötzlich zwischen Naniki und mir auf dem Sofa. Das betrachtete ich als einen Etappensieg, denn sonst lag sie neben Naniki und nicht zwischen uns. Emma nutzte eben jede Gelegenheit, um zu ihrem Ziel zu gelangen.

Am Montag brauchte ich ja noch nicht zur Arbeit, und so brachten Emma und ich Naniki direkt zu ihrer Arbeitsstelle. In Soweto war sie nun seit Freitag nicht mehr gewesen. Beim Abschied sagte sie noch einmal zu Emma: „Genieße deine Freiheit, du weißt nicht, was das Wort für uns bedeutet“, und schon war sie verschwunden.

Bis ich meine neue Arbeitsstelle in zwei Wochen antreten sollte, wollte ich Naniki jeden Abend zu mir nach Hause holen, denn ich war froh, wenn sie nicht nach Soweto musste.

So fuhren wir abends wieder los, um Naniki von der Arbeit abzuholen. Emma hielt gespannt Ausschau. Als Naniki kam, war sie in Begleitung von zwei Arbeitskolleginnen. Ich wurde regelrecht begutachtet. Naniki stieg lachend ins Auto. Sie erzählte mir, dass man uns am Morgen gesehen habe, als ich sie hierhergebracht hatte.

Die Kolleginnen hätten geglaubt, ich sei ihr Master. Sie hätte dem kurzen Prozess gemacht und gesagt, ich sei nicht ihr Master sondern ihr Freund, wir sind ein Paar und wie lieben uns, basta! Das Thema des Tages, es wurde ein nachhaltiges, war gesichert. Wir mussten beide herzhaft lachen.

Zu Hause wurde ich mit meinem Albtraum konfrontiert – den Würmern. Emma war aus der Küche nicht mehr heraus zu bekommen, sie hatte ´ihre` Würmer längst gerochen. Naniki hatte schon in der Nacht zum Montag die Vorbereitungen getroffen. Auch hatte sie den Chakalaka-Salat mitgebracht, denn der würde gern zu den Würmern gegessen, scharf und würzig, meinte sie.

Allein bei dem Wort ´Wurm´ wurde mir bereits schlecht, am liebsten wäre ich ausgebüchst, nur abhauen.

Plötzlich war Emma verschwunden. Sie war wohl enttäuscht, denn sie wollte ´ihre` Würmer direkt vom Baum. Ich wäre Emma nur zu gerne gefolgt.

Dann waren die Würmer frittiert und Naniki servierte sie, schön mit Salat garniert. Sie fing genussvoll an zu essen, ich streikte.

Nachdrücklich meinte sie: „Seit ich dich kenne, esse ich Schweinefleisch. Das war für mich früher genauso unmöglich wie jetzt für dich die Würmer. Also los, überwinde deinen inneren Schweinehund!"

Ich nahm den ersten Wurm, schob ihn in den Mund und würgte, aber nur kurz, denn die Dinger schmeckten vorzüglich, ich konnte es kaum glauben. Das war wirklich eine afrikanische Delikatesse. Nach kurzer Zeit war mein Teller blank und Naniki hielt sich vor Lachen ihren nicht vorhandenen Bauch.

Auf einmal tauchte Emma wieder auf, hielt die Nase hoch, so als wäre da noch etwas, und das war es ja auch. Naniki hatte einige ´Originalwürmer` beiseitegelegt, extra für Emma! Emma fraß ihren Napf so schnell leer, als hätte ich ihr das geliebte Gehackte mit Ei serviert. Nur die Würmer kosteten nichts und sie konnte sie auch selbst suchen.

Ich war um eine Erfahrung reicher, nämlich dass andere Kulturen auch Leckeres zu bieten hatten.

Von dem alten Spruch: ´Was der Bauer nicht kennt, das frisst er nicht` hatte ich mich soeben verabschiedet. Man lernt eben nie aus.

Der folgende Abend verlief sehr harmonisch. Emma lag wieder zwischen uns und legte ihren Kopf mal auf meinen Schenkel, mal auf den von Naniki.

Wollte sie etwa die ersehnte Gleichberechtigung heraufbeschwören? Natürlich Quatsch, aber symbolisch tat sie genau das.

Am nächsten Morgen brachten wir Naniki wieder zur ihrer Arbeitsstelle. Dort wurden wir erwartet – Naniki mit einem weißen Geliebten, das musste unbedingt begutachtet werden.

Emma verhielt sich ganz normal, sie konnte keine Gefahr für Naniki erkennen.

Anschließend fuhren wir weiter zu meiner ehemaligen Baustelle. Die Wachen winkten uns ohne weiteres durch, wir waren ja bekannt.

Emma sprang aus dem Auto und schlug den Weg Richtung Küche zur dicken Köchin ein, und genau da wollte ich auch hin.

Die Köchin begrüßte uns beide sehr herzlich, doch gleich darauf wurde sie still und erzählte mir, dass man die schwarzen Arbeiter nach unserem Vorfall mit dem Oberbauleiter verhaftet hätte. Sie säßen alle wegen Unruhestiftung und aufrührerischer Aktivitäten im Gefängnis. Mich hätte man sporadisch ebenfalls gesucht.

„Als Weißer", sagte sie noch, „gehörst du aber zu den ´Gutmenschen`, und man wird nicht weiter nach dir suchen."

Ich musste zweimal schlucken, als ich das hörte.

„Warum soll ausgerechnet ich der `Gutmensch´ sein und Schwarze sind alle böse Menschen", überlegte ich laut.

„Die denken aber so, und glauben tun sie es auch", meinte die Köchin ganz sachlich und ohne erkennbare Wut im Bauch.

Beauty ginge es gut. Sie sei lernwillig, aber sehr eigensinnig und oft beleidigt. Das war nichts Neues, dachte ich mit Blick auf Emma.

Die Köchin drückte mir zwei Essenspakete in die Hand.

„Nehmt das mit, und jetzt müsst ihr beide gehen“, sagte sie.

Hunde seien seit dem Vorfall nicht mehr erlaubt. Diese Maßnahme hatte Emma auf dem Gewissen, dachte ich etwas belustigt. Aber ohne einen dicken Schmatzer auf meine Backe kamen wir nicht davon, und auch Emma wurde liebevoll verabschiedet.

So trotteten wir mit unseren Fresspaketen zum Parkplatz. Ich drehte mich noch einmal um, dort stand die Köchin und winkte mir weinend nach.

Die Geschichte mit den schwarzen Arbeitern hatte mir den ganzen Tag verdorben.

Emma saß auf dem Beifahrersitz und schaute mich unentwegt an, sie hatte meine gedrückte Stimmung bemerkt.

Wir vertrödelten den Tag, bis es Zeit wurde, Naniki abzuholen.

Wieder stand Naniki nicht alleine da, sondern mit einigen ihrer Kolleginnen. Wir mussten wohl ein besonderes Ereignis sein, ein schwarz-weißes Liebespaar – und noch dazu in aller Öffentlichkeit.

Während der Heimfahrt fragte ich Naniki, ob sie Probleme wegen uns habe.

„Nein!“, antwortete sie entschieden, „die sind einfach nur neugierig und haben mir den ganzen Tag Löcher in den Bauch gefragt.“

Dann erzählte ich ihr von unserem Besuch auf meiner ehemaligen Baustelle. Sie meinte nur lakonisch:

„So ist unser Leben hier!“

Zu Hause sprach Naniki ein Thema an, welches ich schon seit Tagen systematisch verdrängte: Emma! Was wird aus ihr, wenn ich meinen neuen Job antreten muss? Meine Baustelle lag 400 km entfernt von unserem Wohnort, und die Tatsache, dass ich während der Woche dort in einem Hotel wohnen würde, hatte Naniki nun ausgesprochen.

Ich sah sicher ziemlich hilflos aus, als Naniki mich in den Arm nahm und sagte:

„Ich habe bemerkt, das dich etwas bedrückt, und das schon seit einiger Zeit. Jetzt werden wir darüber reden und eine Lösung finden. Totschweigen führt zu nichts.“

Naniki war oft die Klügere von uns beiden, so auch diesmal.

Wir diskutierten eine Möglichkeit nach der anderen durch, ohne zu einem brauchbaren Ergebnis zu kommen.

Emma hatte offensichtlich gemerkt, dass sie Gegenstand unserer Unterhaltung war. Sie lag die ganze Zeit zwischen uns, bis sie später verschwand. Als wir zu Bett gehen wollten, fanden wir Emma in ihrer Wurfkiste, in der sie ihre Welpen zur Welt gebracht hatte. Sie lag dort kaum sichtbar in dem abgetrennten Teil, in ihrer Villa!

Wir waren beide überzeugt, dass sie uns damit etwas sagen wollte und nahmen uns vor, nicht mehr in Gegenwart von Emma über unser Problem zu reden.

Es war wieder Wochenende, und unser Problem war noch immer nicht gelöst. Aus diesem Grund beschlossen wir, in die Natur zu fahren und uns dort von der Stille inspirieren zu lassen – mal sehen.....

Als wir dort ankamen, war Emma sofort verschwunden, vermutlich auf der Suche nach Mopanebäumen mit den leckeren Würmern. Das waren ungefährliche Tiere, im Gegensatz zu den äußerst gefährlichen Skorpionen oder Schlangen.

Naniki meinte, Emma habe sich die Hörner abgestoßen und ginge nun den Weg des geringsten Widerstandes. Ich war jedoch überzeugt, dass sie wieder zum Jagdhund wird, sobald sie auf etwas Jagdbares stößt. Aber wenigstens hatte sie erst einmal leckeren Ersatz gefunden.

Inzwischen benutzte ich regelmäßig meine Hundepfeife, die wir Menschen nicht hören konnten, und Emma antwortete aus der Ferne, so dass wir immer wussten, wo sie sich in etwa gerade aufhielt.

Wir setzten uns mit unserem Picknickkorb ins hohe Buschgras, um unser leidiges Thema wieder aufzunehmen. Hunger hatte ich nicht, denn das 'Problem Emma` war mir schon seit Tagen auf den Magen geschlagen. Naniki erging es nicht anders.

Wir sprachen noch cinmal alle Optionen durch. Fest stand nur, dass ich Emma nicht mit auf die riesige Kraftwerksbaustelle nehmen konnte, das war unmöglich. Sie im Hotel zu lassen war ebenso unmöglich. Emma konnte nicht den ganzen Tag allein in dem kleinen Hotelzimmer bleiben, das würde ich als Tierquälerei bezeichnen.

Am Schluss blieb nur noch eine Option übrig, und die kam von Naniki. Sie schlug vor, Emma bei Mama Wilhelmina, Nanikis Mutter, unterzubringen. Nach allen Regeln der Kunst versuchte Naniki, mir ihre Idee schmackhaft zu machen. Emma mit der Natur in ihrem Umfeld, eine liebevolle Pflege von Mama und ihrer Familie, wir könnten Emma jederzeit besuchen, wir wüssten, dass Emma in guten Händen ist, usw.. Zum Schluss fügte sie noch hinzu, dass Emma immer Gesellschaft haben würde, Mama hätte ja schon einen Dackel aus Emmas Wurf. Nach langem Hin und Her hatte Naniki mich überzeugt, es war die Lösung, die für Emma und für uns am vernünftigsten erschien. Ich stimmte ihr zu, nahm sie in den Arm und fragte:

„Und wer passt in Zukunft auf dich auf?"

„Na wer schon? Du!!"

Plötzlich stand Emma da und begrüßte uns, so als hätte sie uns schon lange nicht mehr gesehen.

Zufrieden, aber trotzdem traurig, fuhren wir drei nach Hause.

Dort angekommen holte ich die Straßenkarten aus dem Schrank, um die Reiseroute zu meiner künftigen Baustelle zu studieren. Und siehe da, die Route führte mitten durch Nanikis Homeland – ein kurzer Abstecher, und ich könnte Emma besuchen.

Es wurde ein fast normaler Sonntagabend, aber nur fast. Die Hauptlast, die Suche nach einer guten Lösung, war uns genommen. Das Schwierigste aber, der Abschied stand uns noch bevor! Bis dahin hatten wir aber noch zwei Wochen Zeit.

Emma lag wie immer zwischen uns, verwöhnte uns und wurde von uns verwöhnt. Ihre tägliche Prozedur hielt sie strikt ein: Hausschuhe bringen, mit meiner Hilfe Bier aus dem Kühlschrank holen, um es mir dann Minuten später zu bringen. Mama würde es ganz bestimmt nicht langweilig, dachte ich amüsiert – mit zwei Dackeln.

Aber eines wussten wir nicht: Würde Mama unsere Emma überhaupt in Pflege nehmen?

Naniki meinte: „Sie wird hoch erfreut sein. Meine sieben Schwestern sind alle aus dem Haus, und Mama hat außer dem bisschen Landwirtschaft nicht viel zu tun. Sie wird nicht zögern, uns zu helfen."

Dann fügte sie noch hinzu:

„Und außerdem mag sie dich!"

Kurz vor dem Schlafengehen ließ ich Emma noch einmal vor die Haustür. Das war ein Fehler, sie kam nämlich nicht wieder zurück. Hundepfeife, Rufen, Suchen, alles half nichts. Emma blieb verschwunden. Schließlich gingen wir besorgt ins Bett.

Am nächsten Morgen sah ich sofort vor der Haustür nach – und dort saß Emma – mit einem Blick, naja, mit dem sprichwörtlichen Dackelblick eben.

Nachdem ich Naniki zur Arbeit gebracht hatte, machte ich mit Emma einen Rundgang durch den gesamten Komplex, denn ich hatte einen Verdacht. Tatsächlich zeigte mir Emma ein Loch in der Mauer, welche den ganzen Komplex umgab. Dahinter war kein Busch, nur unbebautes wildes Land. Emma hatte einen nächtlichen Ausflug unternommen, aber warum? Sie hatte das noch nie getan.

Ein neues Problem kam auf den Tisch. Emma würde bei Mama die Hühner jagen, die dort überall frei herumliefen. In Deutschland hatte sie noch nie Hühner gesehen, deshalb würde sie diese hier in Afrika mit Sicherheit als wilde Tiere ansehen und jagen. Am nächsten Tag fuhr ich mit Emma zu meinem Freund, dem Veterinär. Ich wusste, dass er etwas außerhalb eine kleine Farm besaß, die er als Nebenerwerb bewirtschaften ließ.

Ich erzählte ihm beim Kaffee, dass wir uns notgedrungen von Emma trennen müssten. Er erfuhr den gesamten Hintergrund, auch um unsere Sorge um Mamas Hühner. Dass uns der Abschied von Emma äußerst schwer fallen würde, brauchte ich ihm nicht zu sagen, er wusste es sowieso. Er selbst hatte Nikki, Emmas Ableger, auch schon sehr lieb gewonnen.

„Eines steht fest", sagte er lächelnd, „das Problem seid ihr selbst. Emma wird die Trennung viel schneller verkraften als ihr, aber tröstet euch: Emma wird euch bis an ihr Lebensende niemals vergessen. Jetzt aber genug geredet, heute bringen wir Emma bei, dass Hühner Haustiere sind und keine Jagdbeute."

Also fuhren wir mit seinem Landrover querfeldein zu seiner Minifarm. Schon von weitem sah ich einen Esel, Rinder und Milchkühe und jede Menge Hühner. Beim Aussteigen nahm ich Emma an die Leine – nur widerwillig ließ sie es geschehen. Zu verlockend war dieses Umfeld.

Nun stellte uns der Tierarzt ein älteres Ehepaar vor, das gemeinsam die kleine Farm bewirtschaftete. Wie überall in Afrika gab es auch hier keine Ställe, nur Natur! Die Tiere suchten sich selbst ihr Futter. In Deutschland würde man das wohl ´BIO-XXL´ nennen.

Wir gingen zu einem Baum, unter dem eine idyllische Bank stand, setzten uns hin und nahmen Emma zwischen uns. Mein Freund lockte ein Huhn mit Maiskörnern an. Das Tier kam sofort angerannt, ohne auch nur die geringste Notiz von Emma zu nehmen, während ich Mühe hatte, meinen Dackel festzuhalten.

„Die Hühner sind an Nikki, Emmas Ebenbild, gewöhnt“, erklärte mein Freund.

Dann nahm er das Huhn hoch und setzte es neben sich auf die Bank. Das Huhn fraß ihm aus der Hand.

Ich hielt Emma am Halsband fest, und sie beruhigte sich mehr und mehr. Nach einer Weile scheuchte mein Freund das Huhn weg und meinte:

„Lass Emma jetzt los!"

Sofort sprang Emma von der Bank und spurtete los, blieb dann aber abrupt stehen und trottete zu mir zurück. Sie schaute mich an, als wenn sie sagen wollte – „Ich hab`s kapiert. Das Problem `Hühner` hat sich erledigt"

Emma wird ihre Lektion nicht mehr vergessen", stellte mein Freund lächelnd fest, „aber das Problem ´Abschied` müsst ihr schon selbst lösen".

Wir gingen zurück zum Farmhaus, wo uns ein Tee erwartete. Da der Veterinär ein Apartheid-Gegner war, saßen wir selbstverständlich alle zusammen an einem Tisch. „Mein Freund hier hat die Liebe seines Lebens gefunden, eine von euren Schwestern, eine bezaubernde Tswana, so wie ihr", sagte er mit ernstem Gesicht.

Das Ehepaar schaute sich an, bis die Frau das Wort ergriff und mir die Hand reichte.

„Ich bin Rosa und das ist Ben, mein Mann. Ich freue mich, dass wir dir die Hand reichen dürfen. Aber bitte sag uns, wie ihr eure Liebe auf Dauer geheim halten wollt – ihr seid in Südafrika, dem Land der Rassentrennung!" „Wir halten unsere Liebe nicht geheim. Wir wissen nicht, wie man Apartheid schreibt. Die Freiheit und die Liebe kann man nicht trennen. Auch das Regime in diesem wunderschönen Land kann das nicht. Wir haben keine Angst", sagte ich abschließend.

„Ihr seid mutig, Gott behüte und schütze euch!", murmelte die Frau vor sich hin.

Plötzlich vermisste ich Emma.

„Die ist mit Nikki unterwegs", stellte mein Freund fest.

Als es Zeit wurde, Naniki abzuholen, gingen wir nach draußen, um Emma zu rufen. Die beiden Hunde waren in Sichtweite und kamen mitten durch die gackernden Hühner zurückgelaufen. Das Thema Hühner hatte sich auch für Emma erledigt.

Auf dem Heimweg mit Naniki musste ich ihr alles erzählen. Auch, dass Emma begriffen hatte, dass Hühner keine Jagdbeute sind. „Wieder eine kleine Hürde genommen", bemerkte sie erleichtert."

Und scherzhaft fügte sie hinzu: „Ein Gutes hat unser künftiger Abschied von Emma doch!"

„Und das wäre?"

„Ich werde meine Familie öfter sehen, denn immer, wenn wir Emma besuchen, sehe ich auch meine Familie."

Sie lachte und küsste mich.

Zu Hause besserte sich unsere Stimmung deutlich, das bemerkte auch Emma – sie lag wieder auf ihrem neu eroberten Platz auf der Couch. Plötzlich aber sprang sie auf und fing an, an ihrem Körbchen zu zerren. Ich sah gerade noch, wie sie rückwärts ziehend mit dem Körbchen im Flur verschwand.

„Was macht Emma denn da?“, fragte Naniki.

„Sie zieht um“, sagte ich lakonisch und glaubte selbst nicht an das, was ich da gesagt hatte. Naniki stand auf, um nachzusehen, was Emma da trieb.

Als sie zurückkam, lachte sie laut:

„Emma hat ihr Körbchen in unser Schlafzimmer gezogen.“

Während ich das Körbchen – unter Emmas Protest – wieder zurück holte, war mir ihr Endziel klar: Unser Bett!

An diesem Abend ließ Emma sich nicht mehr sehen, wir fanden sie dann in ihrer Wurfkiste, mal wieder tief beleidigt.

Am nächsten Morgen war Emma wach, aber sie begrüßte nur Naniki, nicht mich. Auch ihren Fressnapf rührte sie nicht an. Es war das immer wiederkehrende Spiel: Wer hält es länger aus?

Auch als ich Naniki zur Arbeit bringen wollte, blieb Emma liegen und drehte den Kopf zur Seite. Sie wollte nicht mit, obwohl sie Autofahren doch so liebte. Am besten ist es, man spricht einen beleidigten Dackel gar nicht erst an, der bekriegt sich schon wieder.

Als ich zurückkam, war der Bann gebrochen. Emma begrüßte mich wieder, und auch der Fressnapf war leer. Der Stolz eines Dackels war eben nicht unendlich.....

Das letzte Wochenende mit Emma stand uns bevor, und so fuhr ich mit ihr in ´unsere` Natur, den Busch. Es war wie immer, Emma verschwand zielstrebig im hohen Gras.

Sicherlich war ihr Lieblings-Mopanebaum das Ziel. Aber es kam ganz anders. Emma war schon viel zu lange weg, und auf die Hundepfeife reagierte sie auch nicht. Offensichtlich hatte sie sich wohl zu weit entfernt.

Ich beschloss, ihre Fährte aufzunehmen, hatte ich doch ein wenig von Naniki gelernt.

Also ging ich zurück zu der Stelle, an der Emma verschwunden war. Ich fand auch die Fährte, aber es war sehr anstrengend für meine Augen, immer wieder verlor ich ihre Spur. Noch einmal probierte ich die Hundepfeife aus, und jetzt antwortete Emma auch, aber sehr weit entfernt. Sie zu finden war nun nicht mehr schwierig. Ich wunderte mich allerdings, warum sie nicht von selbst kam, doch als ich sie endlich sah, traute ich meinen Augen nicht: Sie trug ein rosafarbenes Etwas in der Schnauze, so, wie sie ihre Welpen getragen hatte. Es sah aus wie ein Ferkel, von der Mutter verstoßen, also noch ein Säuger. Emma legte das Tier vor meine Füße und begann, es liebevoll abzulecken. Dann trug sie es wieder und lief vor mir her. Ich war mir nicht sicher, ob ich den Weg allein zurückgefunden hätte, denn die Sonne stand fast senkrecht am Himmel und war mir keine Orientierungshilfe mehr. Emma aber wusste den Weg, und so erreichten wir das Auto, mit einem Ferkel, oder was immer es war.

Eilig fuhr ich zu meinem Freund, dem Veterinär. Der staunte nicht schlecht, als er Emma mit dem ´Baby` in der Schnauze sah.

„Das ist ein Warzenschwein!“, rief er laut. Schnell holte er eine Flasche mit Schnuller, mischte Milch mit einem Nährpulver und versuchte, das Ferkel zu füttern. Und es funktionierte, das Kleine trank gierig die Flasche fast leer.

„Da hast du aber Glück gehabt, mein Schweinchen, dass Emma dich gefunden hat, sonst hättest du den Tag nicht überlebt“, sprach er wie zu sich selbst.

Emma hatte die ganze Zeit aufmerksam zugeschaut.

„Und nun?“, fragte ich.

„Da du es nicht mitnehmen kannst, werde ich es aufziehen, bis es auf der sicheren Seite ist und überleben wird. Dann kommt es in eine Tierstation, von dort wird es später aus-gewildert", erklärte er mir.

„Weißt du", fuhr er fort, „Emma hat in ihrem neuen afrikanischem Leben instinktiv alles richtig gemacht. Heute hat sie sogar ein Wild-tier gerettet. Sie ist schon ein außer-gewöhnlicher Dackel."

Dann kraulte er Emma hinterm Ohr.

„Ihr könnt sie jetzt bei Mama zur Untermiete abgeben, Emma weiß, was sie in dieser Natur darf und was nicht", fügte er später noch hin-zu.

Inzwischen war Emma schon wieder mit Nikki unterwegs. Ich sah gerade noch, wie die bei-den einige Hühner verscheuchten, aber nicht jagten.

Das Wochenende stand vor der Tür, und da-mit der vorläufige Abschied von Emma. Am Montag würde ich meine neue Arbeitsstelle bei einer deutschen internationalen Firma an-treten.

Sowohl für Emma als auch für mich nahm unser Leben in Afrika eine entscheidende Wende.

Das abenteuerliche Leben in Afrika, welches Emma so genoss, würde sich fortsetzen, denn die Natur würde sie bei Mama direkt vor der Haustür erleben können. Und Mopanebäume gab es dort reichlich, die Würmer wurden dort regelrecht geerntet. Das und vieles mehr erzählte mir Naniki am Freitagabend, wohl um sich selbst und mich zu beruhigen, denn am nächsten Tag wollten wir schon in aller Frühe unsere Reise antreten. Die Fahrt dauerte ja zwei bis drei Stunden.

Schon vorher hatte ich einen Vorrat an Hundefutter und Leckereien für Emma eingekauft.

Als wir zu Bett gingen, schliefen wir mit der Gewissheit ein, dass der morgige Tag kein schöner Tag werden würde.

Am nächsten Morgen war Emmas Körbchen leer, wir fanden sie dann in ihrer Wurfkiste. Emma wollte uns damit immer etwas sagen, aber was?

Nach dem Frühstück fing Naniki an, die Sachen einzupacken, die sie für Mama gekauft hatte. Ich selbst sammelte alles ein, was irgendwie zu Emma gehörte. Leine, Napf, Bürste, Shampoo, Hundepfeife, usw., alles verschwand in meinem Auto. Dann verstaute ich Emmas Körbchen noch auf dem Rücksitz. Als ich zurückkam, war Emma verschwunden.

Erst nach langem Suchen fanden wir sie in meinem Bett unter der Bettdecke. Nun hatte sie es also doch noch geschafft! Aber mitkommen wollte sie nicht, ich musste sie zum Auto tragen. Sie sprang auch nicht wie sonst hinein, sondern ließ sich auf Nanikis Schoss ablegen.

So fuhren wir los in Richtung Nanikis Homeland. Es wurde eine wunderschöne Reise, wenn da nur nicht der bittere Beigeschmack gewesen wäre. Emma lag die ganze Zeit auf Nanikis Schoss und starrte mich unverwandt an, so wie damals, als ich sie vom Flughafen in Johannesburg abgeholt hatte.

Als wir in Mamas Dorf ankamen, winkten uns die Menschen zu, sie hatten uns längst erkannt und die Nachricht per ´Buschtrommel` weitergetragen. So wusste Mama bereits, dass wir im Anmarsch waren. Vor ihrer Haustür stand sie und wartete – mit einem Dackel, der genauso aussah wie Emma. Wir wurden zuerst von dem Dackel stürmisch begrüßt, dann erst von Mama.

„Das ist Bongi", erklärte sie freudig. „Ich habe viel Freude an ihm. Bongi ist meistens lieb, passt auf mich auf, und geht ab und zu wildern."

Diese Beschreibung hätte auch auf Emma passen können. Klar – Bongi war ja auch Emmas Nachkomme. All das hatte Naniki mir übersetzt.

Als Mama das Körbchen und die anderen Utensilien von Emma im Auto sah, stutzte sie, als wollte sie sagen: „Ihr wollt doch nicht etwa.......“

Jetzt sprach Naniki mit Mama, die ja noch nichts von ihrem Glück wusste, in ihrer Muttersprache, schilderte ihr den gesamten Hintergrund und erklärte ihr wohl auch, dass es eine schwere Entscheidung für uns gewesen sei. Mama nahm uns beide in den Arm und drückte uns herzlich.

„Ich bin so glücklich, dann bekommt Bongi Gesellschaft!!“, freute sie sich in ihrer Muttersprache, und Naniki übersetzte mir wieder alles.

Es fiel mir ein Stein vom Herzen, denn unsere Entscheidung war richtig gewesen, für uns und für Emma. Sie kannte Mama und Bongi sowieso, den Rest der Familie würde sie bald kennenlernen, und sie hatte die Natur vor der Haustür.

„Das ist nur eine Leihgabe“, hörte ich Naniki zu Mama sagen.

„Aber wo ist Emma überhaupt?“, fragte ich. „Unterwegs mit Bongi“, antwortete Naniki lächelnd.

Anscheinend hatte Emma ihren Kummer vergessen, hoffentlich nicht nur vorübergehend, dachte ich.

Wir gingen in das bescheidene Haus und tranken Rooibos-Tee, ein Tee, der von hier stammt und weltweit verkauft wird. Naniki und Mama sprachen nun ausgiebig in Tswana, einer der Landessprachen. Gegen Mittag gab es Huhn mit Reis und Chutney.

Es hätte ein wunderschöner Tag sein können, wäre da nicht der Abschied immer näher gerückt...

Inzwischen hatten Kinder aus dem Dorf meinen Kofferraum ausgeräumt. Hundefutter stapelte sich nun irgendwo in Mamas Haus.

Naniki erklärte Mama die Hundepfeife, und Mama probierte sie auch gleich aus. Nach zehn Minuten marschierten Bongi und Emma ins Haus. Emma blieb kurz vor ihrem Körbchen stehen, setzte sich dann neben Mama, die sie liebevoll streichelte. Bongi setzte sich daneben, und zupfte an Mamas Ärmel, Eifersucht war angesagt.

Ich dachte an Emmas Wurfkiste, die ich einmal liebevoll für sie gebaut hatte. Emma benutzte die Kiste wohl ab und an als Rückzugsort. Diese Kiste würden wir das nächste Mal mitbringen, denn sie hatte dieses Mal nicht mehr ins Auto gepasst.

Nach dem Nachmittagstee machten wir uns zum Aufbruch bereit.

Emma hatte schon am Vorabend gespürt, was die Stunde geschlagen hatte, deshalb auch ihr merkwürdiges Verhalten. Und jetzt wusste sie genau, dass wir ohne sie heimfahren würden.

Naniki und ich verabschiedeten uns von Emma, und das dauerte etwas länger als gewöhnlich.

Als wir zum Auto gingen, machte Emma keine Anstalten, uns zu folgen. Sie saß neben Mama an der Haustür und schaute uns nach.....

Ich schaute noch eine Weile in den Rückspiegel – Mama war schon ins Haus gegangen – Emma saß immer noch da......

Naniki hatte Tränen in den Augen, meine eigenen wischte ich schnell ab.

Uns gegenseitig tröstend fuhren wir bedrückt den langen Weg nach Hause.

Hier wurde unsere Stimmung noch trauriger, keine Emma mehr, die auf Naniki aufpasste.

Aber wir wussten, Emma war in liebevollen Händen und in ihrer geliebten abenteuerlichen Natur.

Abenteuerlich – und gefährlich – sollte es auch für uns werden, als schwarz-weißes Liebespaar im Land der Rassentrennung!

Lesen Sie mehr von Rolf Stöver bei DeBehr

Wir wurden von der Polizei angehalten und gebeten, abzusteigen und die Helme abzunehmen. Die Polizisten waren recht höflich, aber als Naniki ihren Helm abnahm, war klar, sie war keine Weiße. Die Höflichkeit war wie weggeblasen, einer zog seinen Gummiknüppel, sprach sogar von Hure. Ich bekam es mit der Angst zu tun, wissend, wie brutal sie gegenüber Nichtweißen sein konnten? Südafrika. Beruflich in dem von Apartheid dominierten Land tätig, lernte ich die Liebe meines Lebens kennen - Naniki. Und was mir das Natürlichste der Welt erschien, eine Liebe leben zu dürfen, Gefühle miteinander zu teilen, den Rest des Lebens gemeinsam zu verbringen, sollte zu einer Zerreißprobe werden. Es waren gesellschaftliche Kräfte am Werk, Vorurteile, Gewalt? Ein spannender authentischer Roman über die Kraft der Liebe.

ISBN: 9783939241966, 260 Seiten, 12,95€

Über den Autor

Rolf Stöver ist Jahrgang 1947. 1983 immigrierte er nach Südafrika. 2010 kehrte er nach Deutschland zurück. Die Jahre auf dem schwarzen Kontinent katapultierten ihn in eine Welt, in der die Hautfarbe über Wohl und Wehe entscheidet. Mit Naniki ist er verheiratet.